KEITAI
SHOUSETSU
BUNKO SINCE 2009
野いちご

ひとつ屋根の下、憧れモテ王子は
甘い愛を制御できない。

雨乃めこ

JN031993

STARTS
スターツ出版株式会社

イラスト/杏乃

なんて素晴らしい夢なんだ。
すぐ目の前に、推しの寝顔があるなんて。
「あっ……おはよう、白井さん」
その瞼がゆっくり開かれた瞬間、
綺麗な瞳が、私を捉えて離さなかった。

高2　白井初花
ごく普通の女子高生。1年の頃から柳瀬のファン。

×

高2　柳瀬織
校内No.1のモテ男子。

「夢じゃないよ。……ね？」

頬に触れた彼の手のひら。
そこから伝わった温もりは、正真正銘、本物で。

「……白井さんっておもしろいよね」
「みんなが知らない白井さんの顔、俺にだけ見せてよ」
「……もっと、触りたい」

なぜか推しが甘すぎます！

ひとつ屋根の下、

憧れ・モテ王子は

甘い愛を制御できない。

登場人物紹介

ヒロイン

ヒーロー

白井 初花
しらい ういか

失恋からなかなか立ち直れない高校2年生。"推し"である学校一のイケメン・織を眺めることで癒されながら日々を過ごしていたが、なんと織の家で同居することになり…?

柳瀬 織
やなぜ おり

初花の同級生で、国宝級の顔面を持つ校内No.1のモテ男子。普段はクールだが、初花には甘く、同居する家ではちょっと危険に迫って初花をドキドキさせている。

野原 恵羽
（のはら めぐは）

初花のクラスメイトで、
仲良しグループのひと
り。初花と同じく織の
ファンで、いつも織の話
で盛り上がっている。

大槻 広夢
（おおつき ひろむ）

初花と同い年だが、別
の高校に通う幼なじみ
で、初花がずっと好き
だった相手。初花とは
仲良くしていたけれ
ど、広夢に好きな人が
でき疎遠になる。

contents

Chapter 1

Chapter 2

Chapter 3

Chapter 4

Chapter 1

推しを見られて今日も幸せです

　嫌な夢から覚めたある日。

　……え？

　意識（いしき）がだんだんとはっきりしていく中で、目の前にありえない光景が見えて息が止まった。

　なっ……。

　これは、いったい……。

　長いまつ毛にすうっと通った綺麗な鼻筋（はなすじ）。

　毛穴なんて知らないような、きめ細かいツルツルの白い肌。

　そして血色のいい薄（うす）い唇（くちびる）。

　目を閉じていてもわかる、知っている素晴らしい顔面。

　これぞパーフェクトフェイス。

　この端麗（たんれい）なお顔まで、わずか10センチあるかないか。

　こんなことって……。

　この顔は……正真正銘、私の大好きな"推し"！

　柳瀬織くんじゃ、ありませんか！

　え。なんで!?

　なんで織くんが私の横でスヤスヤと寝ているの!?

　溯（さかのぼ）ること1週間前。

「わっ、織くんだ!!」

　クラスメイトの女子のひとりが廊下（ろうか）を見てそう声をあげ

れば、ほとんどの子が、彼をひと目見ようと一斉に教室の廊下側へと集まりだす。

　クラスの同じグループの子たちとおしゃべりしていた私も、そのひとりだ。

　一目散に走って行って、教室の後ろのドアから身を乗り出すと。

　わっ。今日も国宝級……。

　キャラメル色のサラサラ髪に、色素の薄い瞳。

　そしてすらっとした高身長。

　柳瀬織くん。

　学年でもっとも顔がいいと有名な男の子だ。

　彼とすれ違う人全員が振り返るような美貌。

　口数が少なくてクールでちょっぴりミステリアスなところも、彼の魅力。

　そんな織くんは、今の私が学校で生きるための糧だ。

　高校２年生、白井初花。

　推しがいるおかげで、ただいま学校生活エンジョイ中です！

「ああカッコいい……織くんカッコよすぎる……朝の男なんて基本寝癖つけて目つき悪くて不機嫌じゃん！　なんであんなに爽やかに登校できるの……」

　同じグループの野原恵羽——通称めぐちゃんがわりと大きめな声で織くん以外の男子をディスりながら言う。

　ごもっともだけど、クラスの男子の数人が不愉快そうにこっちを見ているからやめていただきたい。

「わっかる、眩すぎてもはや見えなかったわ」

　と、ちーちゃんこと中森千夏ちゃん。

「私は逆に、あの輝きでめちゃくちゃ視力良くなった気がする。多分あれだ、8.0とかある今。初花のブラの色当てられる」

　なんて、しゅーちゃんこと三上朱音が手で双眼鏡を作ってそれを目に近づけて、私のほうを覗くように見てきた。

「やめて！　今日あんまりかわいくないのっ！」

　そう言って冗談混じりに腕で胸元を隠せば。

「それ視力の問題じゃねぇ」

「ただの透視じゃん」

「ただのってなんだ！　すごいだろ透視！」

　めぐちゃんとちーちゃんがそれぞれしゅーちゃんに雑につっこんで。

　いつもの私たちの1日が始まる。

　こうして仲良くワイワイふざけ合える友達や、見ているだけでハッピーになれる推しがいるだけで、私は幸せなのだ。

「てか聞いたー？　3組の吉村さん、また織くんに告ったって」

　と私たちの情報屋めぐちゃんがさっきよりも声のボリュームを下げて言う。

「え、まじ？　懲りないね〜。去年からだよね、確か。もう4、5回目？」

「はあ〜ここまで来ると感心するわ。織くん、告白されて

も付き合わないってみんなが知ってることだろうに」

「だよねー」

　と私も同調する。

　織くんはモテる。すこぶる。

　でもそれはほとんどの子が、観賞用、つまりファンとして織くんが好きなのである。

　入学当初はそりゃ、あちこちからいろんな告白をされていたけれど。

　誰ひとりにもなびかなかったらしい。

　なので２年生にもなれば、彼の恋人になることに憧れてる人たちはいても、実際に告白、なんて行動を起こす人はだいぶ少ないわけで。

　そういうところも含めて、織くんはみんなの王子さまと呼ばれているのだ。

　ああいうこっちとは全然生きてる次元が違うようなカッコいい人は、テレビや雑誌の中で見るみたいに遠くから見ているのが一番なのに、と思う。

　それに相手が織くんのようなバチバチにカッコいいイケメンじゃないとしても。

　報われない恋って辛いはずなのに。

　誰かに恋愛感情を持つことが、漫画や映画の世界では美しく煌びやかに描かれるけど、現実はそうじゃない。

　もっと苦しくて、わけもなくムカついて。

　そんな自分をいちばん呪ってしまうんだから。

　しないほうがマシ。

　あんなに苦しい思いはもうしたくない……。

　中学の思い出が蘇る。

　私には、同じマンションの同じ階に住む同級生の幼なじみがいて。

　小さい頃からお互いの家を行き来するぐらい家族ぐるみでも仲が良かった。

　運動ができて爽やかで。

　そんな彼——。

　広夢に恋心を抱くのは自然なことだったと思う。

　でも……。

　中学２年の頃——。

『もう学校であんまり話さないようにしようか』

　大好きだった幼なじみに突然投げつけられた衝撃発言。

『なんで急にそんなこと……』

『急じゃない。……初花知ってるだろ。俺が、堀さんのこと好きなの』

『……っ』

　本気だった。広夢の目は。

　うん、知ってた。

　気づいてた。

　でも気づいてない、ふりをしていた。

　ずっと知らないふりをしていればいつか私の勘違いで終わると思っていたから。

　だけど広夢は、容赦なく続けた。

『……初花のことは大切だけど、それは幼なじみとして。

初花はそうじゃないかもしれないけど……ごめん』

　せめて、この気持ちを伝えるかどうかは自分で決めたかったのに。

　それも全部バレていて。

『堀さん、俺と初花が付き合っていると思っていたみたいで。ただの幼なじみって言えたらいいけど。お互いそう思ってないと、嘘になるだろ？　気づいているまま曖昧にする方が、初花を傷つけることになると思うから』

　お互いの家を行き来するのも、放課後コンビニに寄って夏はアイスを買って、冬は肉まんを半分こすることも。

　教科書の貸し借りも、相手に触れることも。

　全部、終わり。

　そうやって、一方的に終わらされたけど、きっと、これは幼なじみの広夢に恋した私が全部悪くて。

　泣いた。一生分。

　もうあんな苦しい思い、二度としたくないんだ。

　泣いても泣いても涙が出てきて。

　広夢のうちのドアを見るだけで、学校で広夢を見かけるだけで、泣きそうになって。

　彼への気持ちを忘れるために、広夢から逃げるように。

　私は受験するはずだった広夢と同じ志望校を変えて、この学校に無事に合格して。

　今、こうして穏やかな学校生活を取り戻しつつある。

　まだ広夢を好きなのかは……正直わからない。

　いや、マンションで広夢を見かけるたびに変に意識して

しまうから、もしかしたらまだ、好きなのかもしれない。

　だけど。忘れるって決めたから。

　友達とたくさん遊んで勉強して。

　推しを見ながら騒いで。

　そうして忙しくしていれば、いつか前を向けるかもって思うから。

　前を向いている "フリ" が、いつか本当になるって信じている。

「へっ、海外出張!?」

　その日の夜。

　大好きなママのミートスパゲティを食べながら。

　ママの言葉に耳を疑って聞き返す。

「そうなの……」

　そう呟いてフォークにパスタをクルクル巻くママ。

「いきなり海外って……」

　正直、急なことすぎてびっくりしてうまく言葉が出てこない。

　私があからさまに不安そうな顔をしたからか、ママが慌てて話しだす。

「あぁ、でも、ママの代わりに行ける人もたくさんいるし。ママじゃなくてもいいんだけど!　一応、家族にも話してみってって言われてるから話しただけでね!　全然現実的じゃっ……」

　早口なママの話を聞きながら、太ももの上でぎゅっと手

を握る。

「……行って来たらいいよ!」

「えっ……」

　私がそんなふうに答えると思っていなかったのか、ママは固まったままこちらを見てパチパチと瞬きをした。

「え……でも、3ヶ月よ?　初花、ママがいなくて大丈夫?」

　ママはそう言うけど、きっとすごく行きたいんじゃないかって思う。

　じゃなきゃこうしてわざわざ話したりなんかしない。

　本当に興味がないのなら私に相談なんてしないで断っているだろう。

「私のことは今はいいよ!　ママの気持ちだよ。私がいるせいで我慢してるなら……」

「違う、我慢なんか。……初花をひとりここに置いて行くのは、ママも正直、不安で。だって、大事なひとり娘よ?」

　今まで女手ひとつで何不自由なく私を育ててくれたママが私を育てるために犠牲にしてきたものは、普通の母親に比べたらきっと多いだろう。

　だから……。

「私もう高2だよ!　17歳になる!　自立しなきゃ。私もママも、お互いに親離れ子離れしていかなきゃ。それに、ママがこうやって仕事の話してくれるの初めてだもん。私、嬉しいよ」

「初花……」

　中学2年。

　私が広夢に振られて落ち込んでいたとき、ママは私を少しでも元気付けようと外に連れ出してくれたり、いろんな気晴らしに付き合ってくれた。

　あの時だけじゃない。

　ママにはたくさん助けてもらったんだから。

　私だってママのやりたいことを全力で応援して協力したい。

　こんなに早くママと３ヶ月も離れることになるなんて、考えてもみなかったからすごく寂しいけど。

「ママにはいっぱい助けてもらったもん！　次は私の番！」

「っ、初花っ」

　そう私の名前を呼んで涙ぐむから、こっちまで目頭が熱くなってしまう。

　こんな時、広夢とまだ今もただの幼なじみの関係だったら、あの頃みたいに彼の部屋で過ごしてママがいない寂しさを紛らわすことができたんだろうか、なんて。

　もう２年以上も経ってるのにこんなことを考えてしまう自分に呆れる。

　ダメだ。

　しっかりせねば。

「……本当に、行ってもいいの？」

「うん！　大丈夫！　もちろん寂しいけど、でもずっとじゃないもん！　３ヶ月だけ、でしょ？」

　本当は行って欲しくない。

　でもこれは私のわがままだ。

　もう17歳。

　自分の身の回りのことはひとりでできないといけない。

　家事はママと分担してるから、全部ひとりでやるなんて今までしたことないけど。

　やるんだ、頑張るんだ、初花!!

「うん。ありがとう初花。本当にありがとう」

　ママが涙をこぼしながら私の手を握る。

　この温もりをちゃんと覚えておこう。

　ママがいなくても、寂しくならないように。

「ふふっ、この家の留守は任せて！」

　そう言って胸を叩けば。

「っ、ありがとう。それで、家のことなんだけどね」

　ママが再び口を開いた。

「愛菜ちゃん？」

「そう。会社の同期で。愛菜ちゃんがね、３ヶ月間、初花を預かってもいいって言ってくれてるの。私が海外に行くのを渋ってるの見て、初花のことひとりで置いておくのが心配なら是非うちにって」

　それから、ママは同期の愛菜さんについて話し出した。

　向こうもうちと同じシングルマザーで、ふたりは入社時から仲がいいらしく。

　なんでも愛菜さんには私と同じ高校に通っている同い年の子がいるから、それなら、話も合って寂しい思いもしないんじゃないかと。

「初花が人様の家だと落ち着けないっていうなら無理にとは言わないんだけど。ママは信頼してる友達のそばに初花がいるって思うと安心して仕事もできるなって」

「うん。……私もこの家でひとりは正直寂しすぎるなと思ってた」

「てことは……」

「うん！　愛菜さんのところにお世話になる！」

　そう答えれば、ママの顔がパァッと明るくなって。

「ん～!!　本当にありがとう初花っ！」

　こうしてママの３ヶ月間の出張が無事に決まった。

　あっという間に数日が経ち。

　今日は、私が愛菜さんのうちにお世話になる初日。

　そして、ママの出発の日だ。

　学校は今日１日休んで、朝からママと一緒に空港に向かって、その後に愛菜さんのうちに行くことになった。

　愛菜さんも空港に来てくれるらしくて、ふたりでママを見送る予定だ。

「あっ、来たわよ！」

　空港に着いて少し。

　ママが顔を向けた先を見れば、ボブヘアをゆるく巻いたかわいらしい女性がこちらに手を振っていた。

「明子さ～んっ！」

　明子とは私のママの名前。

　あのふわふわしたかわいらしい人が、愛菜さん？

　これから私がお世話になる人……!!

「わぁ～はじめまして～！　初花ちゃん！　私、明子さんの、あ、初花ちゃんのお母さんの同期で――」

「おいお前さっさと前歩けよ～！」

「向こうの店まだ見てないんだけど！」

「時間やばいって！」

　っ!?

　突然、横から団体の旅行客らしき人たちが大声で話しながら横を通ったのでびっくりして肩が跳ねた。

　声、もう少し抑えればいいのに……。

「――愛菜って言います。今日からよろしくね！　初花ちゃん」

　あっ……。

　さっきの人たちのせいで、愛菜さんの自己紹介がちゃんと聞こえなかった。

　まったく～～。

　でも、聞こえなかったのは苗字だけ。

　わざわざ聞き返すことでもないかな……。

　あとでまたわかることだと思うし、時間もないし……。

「よ、よろしくお願いしますっ!!」

　そう深く頭を下げれば「いつもお母さんから話を聞いてるわ」と優しい愛菜さんの声がして。

　この人となら、３ヶ月うまくやっていけるかもって思えた。

「愛菜ちゃん、本当にありがとうね」

　隣でママもそう言って何度も感謝の言葉を述べる。

　私たちはしばらく色々と立ち話をして。

　そうしていると、お別れの時間はすぐにやってきた。

「……すみませんでした。親子そろって恥ずかしいところ見せちゃって……」

　ママの見送りが無事に終わり、愛菜さんの運転する車で今日からお世話になるとても立派な一軒家に着いて。

　案内されたリビングのソファに座る前に、ペコッと頭を下げる。

　最後にママと手を振り合ったとき、お互いに涙腺が爆発してしまって。

　子供みたいに大泣きしてしまった。

　あんなに泣いたのは……あ、広夢に振られたとき以来だから3年ぶり……かな。

　あぁ、こんなところでも思い出すなんて。

　心の中でため息をつく。

　ブンブンと首を横に振ってかき消す。

　もう、ママ、飛んでるんだよね……。

　こんなに長い間ママと離れるなんて生まれて初めてだから、さっきは我慢できなかった。

「なに言ってるのよ～初花ちゃん！　全然恥ずかしくなんてないからっ！」

　愛菜さんがトレイにのせた紅茶とクッキーをローテーブルに置きながらそう言ってくれる。

　ほんと……優しい人だ。

「私もふたり見て泣いちゃったし。私も、今、息子と離れるなんて考えられないから……お母さんの気持ちもよく分かるのよ。案外、親の方が子離れできないものよ」

「そうなんですかね……」

　って。え?

　ちょっと待って?

　今、愛菜さん、息子って言った?

「あ、あの、愛菜さん、今、息子さんって……」

「え、そうよ。あらっ、もしかして明子さんから聞いていなかった?　うち子供とふたり暮らしだって」

「あ、いえ、お子さんがいるのは聞いていたんですけど、てっきり……その」

　女の子だと思ってた。

　だって、私だって一応、年頃の女の子だし。

　同い年の"男の子"と一緒に住むなんて、ママが許可するなんて思わないし。

「ごめんなさい!　女の子だと、思った?」

「あ、はいっ、だからちょっとびっくりしたと言うか、でも、あの、全然、大丈夫ですっ!　会うのが楽しみです!」

　私がそう言えば、愛菜さんはほっとした表情を見せてくれた。

「よかった……。あの子、友達少なくてね。だから初花ちゃんみたいなかわいらしい子が仲良くしてくれると嬉しいなって」

「そんなとんでもないっ！　私も仲良くしたいです！　あらためてよろしくお願いしますっ！」

　危ない……。

　気まずい空気になるのだけは絶対に避けたかったから、なんとか誤魔化せてよかった。

　まったくママったら、ちゃんと説明してよね!!

　同学年の男の子か……いったい誰だろう。

　私の知ってる子かな。

　同じクラスだったりして、なんてちょっとドキドキしちゃう。

　でも今の私には、恋をしたいって感情はないから、正直、異性ともあまり深く関わりたくない。

　とにかく、愛菜さんや息子さんに出来るだけ迷惑をかけないようにすることだけを考えよう。

　おとなしく、静かに。

　うん、そうだ。

　愛菜さんとお茶を飲みながら少しお話をして。

　そのあとは、私が今日から使う２階の部屋や水回りなどを愛菜さんに案内してもらってから、ふたたび部屋に戻って、荷解きを始めた。

　事前に送ってもらっていた、荷物の入った段ボールがふたつ。

　よく使う必要最低限のものだけが入ったそれをひとつ開けると。

　いちばん上にポンと置かれた手帳。

　とりあえずそれを机に置こうと段ボールの中から取り出したら、手帳から飛び出した1枚の写真が、ひらっとツルツルのフローリングに落ちた。

　うわっ……。

　慌てて拾って、写真を見つめたままベッドに腰を下ろす。

「楽しかったな……この頃」

　ボソッと呟いた声が部屋に消えていく。

　この写真を宝物みたいにずっと持っているんだから、未練がましいにもほどがある。

　写真は小学4年生のころ、うちと広夢の家族と一緒にキャンプに出かけた時のもの。

　両手におにぎりと串焼きを持っている私と、太陽みたいな眩しい笑顔でピースしている広夢。

「はぁ……」

　ごろんと横に寝転びながら、考える。

　私、本当にここでママがいなくてもやっていけるのかな。

　大丈夫、そう言って見送ったけど。

　本当はいろいろと不安だ。

　昔なら、部屋が隣の広夢にすぐ泣きついたけど。

　もうそんなこと、できないし。

　かなりの時間が過ぎたはずなのに、おかしいぐらい引きずってるな私。

　何かあるとすぐ広夢のことを思い出せてしまう。

　前を向くためにと、彼と違う高校を選んで頑張ったのに、結局、何にも変わってない。

あーあ。

今日はいつもより早く起きたせいか、疲れてるのかも。

余計なこと考えちゃう。

ちょっと休もう。

そう思ってベッドの上でゆっくり瞼を閉じた。

推しが隣で寝息を立てています

『じゃあね、初花』

　ん？

　ぼやけて見えるシルエットが話している。

　ママだ。

『うん。3ヶ月後にね！』

　ママの声にそう明るく返事をすると。

『え？　……3ヶ月後？』

　困惑したような声が返ってきた。

　どうしたんだろう。

『3ヶ月でしょ？　ママの出張。それが終わったら帰ってき──』

『何言ってるの。ママはもう、あの家には帰らないわよ』

『え……？』

　心臓がバクバクと音を立てたと同時に急にあたりが真っ暗になる。

　な、なにこれ。

　キョロキョロとあたりを見渡すと、後ろに人の影が見えた。

　知ってる。私、この人のこと──。

『……初花のことは大切だけど……ごめん』

　そうだ。広夢の声だ。

　そっか。広夢もいなくなって、ママもいなくなって。

　私、もう、ひとりぼっちなんだ。

　何もかもが怖くなって、泣きながらギュッと目を瞑（つむ）った とき。

　ふわっと。

　最近覚えた匂いが鼻を掠（かす）めた。

　学校の廊下でこの香りとすれ違うと、今日はハッピーな 日だって笑顔になれる。

　優しい香りによって自然と心が落ち着いていくような気 がして。

「んっ……」

　最悪な夢から覚めて、ゆっくりと重かった瞼を開くと。

　……え？

　意識がだんだんとはっきりしていく中で、目の前にあり えない光景が見えて息が止まった。

　長いまつ毛にすうっと通った綺麗な鼻筋。

　毛穴なんて知らないような、きめ細かいツルツルの白い 肌。

　そして血色のいい薄い唇。

　憧れの推し、柳瀬織くんがとなりで寝ている。

　この状況、まったくもって意味が分からない。

　確か、ママが出張になって愛菜さんのうちにお世話にな ることになって……。

　あぁ、そうか、わかったぞ。

　これも夢か！

　怖かった夢を幸せな推しの夢で上書きしようと私の脳（のう）は

今、賢明に働いているんだ。

　それにしても夢にしてはものすごくリアルな感じがする。すごい。

　さすが、毎日、織くんのことを観察してただけのことはある。

　めちゃくちゃしっかり織くんだ。

　綺麗な顔から目が離せなくて。

「……カッコいいなあ」

　思わずそう呟くと、彼の瞼がピクッとわずかに動いてゆっくり開けられた。

　キャラメル色の髪と同じ、色素の薄い綺麗な瞳。

　わぁ……吸い込まれそう。

「……あっ、おはよう、白井さん」

「……っ！」

　し、しゃべった!!

　しかも、あの織くんが知るはずのない私のことを呼んでいる。さすが、都合のいい夢だ。

　かっこいい……。

「……夢すごい」

　思わず心の声がダダ漏れになってしまったけど、これはあくまで夢だし。

「え、夢？」

　とポカンとした顔をする織くん。

　普段学校ではあまり見ない表情にキュンとする。

「う、うん。織くんがこんなに近くにいるなんて夢以外の

何ものでもないよ」

　なんて、彼の瞳を見つめたまま言う。

　うわぁ。私、織くんとしゃべっちゃってるよ。夢だけど。

「あれ。白井さん、覚えてない？　今日から３ヶ月、うち
で過ごすって話」

　んん？

　すごいな。織くんのうちに３ヶ月お世話になるって!!

　なんて設定の夢を見てるんだ。

「……織くんと一緒に住むってこと？　ふふっ、幸せな夢
だ」

「夢じゃないよ」

　そう呟いた織くんの手が、おもむろにこちらに伸びて
きて。

「……ね？」

　私の頬に触れた。

　……え。

　あ、あったかい。

　感触があまりにもリアルすぎて。

　あの、これは……。

「う、うそだ……」

「じゃあ、自分で頬つねってみたら？」

　織くんにそうすすめられて、私はすぐに自分の頬に手を
持っていって強めにつねる。

「っいっった!!」

　ど、ど、ど、ど、どうしよう。

　これってつまり……私は本当に……。

「ほ、ほ、ほ、本当に、お、お、お、織くんのうちってこと!?」

　驚きのあまり、ガバッと布団から起き上がって、ベッドの端ギリギリに飛んで彼から距離を取る。

「うん」

　こんなに爽やかな『うん』私は知らない。

　嘘でしょ。

　目の前にいるの、本物の柳瀬織くんなの!?

　いやそりゃ、夢にしてはすごく生々しいと言うかリアルだなとは思ったけど……。

　いやでも!!

　愛菜さん、愛菜さんの苗字……!!

　あ。

　そういえば私、聞きそびれちゃってたんだ。

　ママとのお別れで頭がいっぱいで、このうちの表札を見るのもすっかり忘れていた。

　……な、なんてこと。

　私が３ヶ月お世話になるお家って……本当に織くんのお家だったの!?

　まだまだ半信半疑で、パニック状態だ。

　ていうか、なんで織くんは私の隣でスヤスヤと寝ていた!?

　いつも遠くからしか見ていなかった憧れの男の子だよ。

　パニックにもなるって。

「……織……あっ、柳瀬くんが、愛菜さんの息子……さん？」

「うん。織でいいよ」

　普段、勝手に織くんのことをなれなれしくみんなと下の名前で呼んでいるクセが出てしまって慌てて言い直したけど、彼は優しくそう言ってくれた。

　さっきは夢だと思って『織くん』呼びを連呼していたけれど。

　これが現実となると話は別だ。

　うっそ……現実で織くんと話してるよ……。

「さっき帰ってきて。母さんに、白井さんに挨拶（あいさつ）するように言われたから来たんだけど、ドア開けたまま、白井さん寝てたから。……泣きながら」

「……なっ」

「ほっとけなくて」

　ママに捨てられる怖い夢を見てしまって、私、泣いていたのかっ！

　最悪だ。

　推しにブサイクな泣き寝顔を見られてしまうなんて。

「す、すみません、すみませんっ、なんてお恥ずかしいところを……」

　とベッドの上で頭を下げる。

　ていうか！！

　私が泣いていたから、織くん私の隣に寝ていたっていうこと！？

「……私が泣いていたから、そばにいたの……ですか」

「うん。ごめんね。つい」

「つ、ついって！　絶対やめた方がいいですよ!!　よく知りもしない人と同じベッドで寝るって!!　こっちの心臓に悪いからっ!!」

　とさらに距離を取りながら。

　あと数ミリで、ベッドから落ちてしまいそう。

　今話しているのは、私の最大の推し。

　いつも遠くから見て憧れている存在だ。

　まだ完全に信じられていないけど、見れば見るほど、話せば話すほど、現実なのかもしれないと思う。

　しかも織くんと同じベッドに寝てしまったなんて……。

「……白井さんにしかしないよ」

　え。

「それに、白井さんは知らない人じゃない」

　な。

　ただでさえ、織くん過剰摂取で倒れてしまいそうなのに。

　なんてこと言っているの。

　やっぱりこれは、都合のいい夢だと思う。

　だって織くんが私のことを知っているって、いったいどういう──。

「白井さん、学校で俺のことよく見てるよね。友達と」

「……っ」

　これはあれだ。

　白井初花、人生終了のお知らせだ。

「だっ、ご、ごめんなさい、すみません、ごめんなさいっ!!」

　光の速度でベッドから床に着地して、そのままフローリ

ングにおでこをつけて全力で謝る。

「ちょ、白井さんなにして……」

　まさか、織くんにバレていたなんて。

　そりゃ、見つけたら食い入るように見てきたけど。

　それは、全クラスの女子がそうだと言っても過言ではなくて。

　私みたいな影の薄い人間なんて、漫画で言ったらのっぺらぼうで描かれる側で。

　だから……彼に認知されるわけがないと思っていたのに。

「白井さん、顔あげて。なんで謝るの」

　そんな穏やかな声が頭の上からする。

「だって……不快に思われるぐらい見すぎていたってことで。そりゃ、私たちまともに話したこともないわけだし、だから、その」

「違うよ。どんな子なんだろうって俺も気になってたから」

「えっ」

　予想外のセリフが推しの口から飛び出した気がして、思わず顔をあげる。

「こうやって話せるきっかけができて嬉しい」

　織くんは私の前でしゃがんでそう言った。

　う、うれ、嬉しい？　へ？

　あの柳瀬織が、私と話せて、ウ、ウレシイ？

　これはやっぱり夢かもしれない。

「このかわいい子、白井さん？」

「……え」

　私が右手に持っていた写真を織くんが指さす。

　織くん、今、写真の中のチビ初花を見てかわいいって言った!?

　おにぎりとお肉を持ってるこのいかにも食いしん坊なチビ初花を!?

「わ、わたしです、はい。この頃はわりとまだ、かわいげあったかも。まさか持ったまま寝てたとは……」

「それぐらい大事な写真なんでしょ？」

「は、はい。……でも、大事だと思ってるのは私だけなんですけど。……あ、ごめんなさい、なんかベラベラと！」

　私ったらつい余計なことまで。

「ううん。それより、その話し方なんとかならない？」

「えっ」

「同級生なんだし、タメ口でいいよ」

　なんてこった。

　無理に決まってる。

　相手はあの柳瀬織くんだぞ。

「いやそんなっ、柳瀬くんは私にとって憧れで、学校で同じ空気吸えているだけでしんどいというかっ」

「それも。織だって。次、敬語話したらその口塞ぐ」

「……へ」

　ふ、ふさ、塞ぐ!?

「……チューするってこと」

　そう言って、織くんが私の唇を優しく親指で撫でる。

「なっ……ちょ、あのっ、お、お、織くん私のこと殺す気ですか!?」

　織くんのお口から『チュー』なんて単語を聞いてしまって、顔から火が出そうなぐらい熱くなる。

「ふはっ、顔真っ赤」

　笑うとこ!?　まともな反応だと思うんだけどっ!!

　赤面だけで済んでよかったよ!!

　今度は確実に息止まって死んじゃうね!!

　ていうか、織くんそんな冗談言うタイプなんだ。意外。

　ギャップ萌えすぎるよ。

「そろそろ夕飯だよ」

　そう言って織くんが立ち上がる。

「あ、は……うんっ」

「それと……」

　ん?

　ドアの方まで歩いた織くんが立ち止まったかと思うとこちらを振り返って。

「白井さんは、今も十分かわいいから」

　そう言い残して部屋を出て行った。

　な、なんですって……。

初めて見かけた時から〜織side〜

　キミが俺を知るずっと前から──。

　俺はキミを知っていて。

　初めてキミを見たあの日に、きっともう恋に落ちてたんだよ。

　あれは、中学3年への進級を控えた春休みのことだった。

　塾の授業が始まる2時間ほど前に家を出て、近くのファーストフード店で遅めのお昼ご飯を食べながら、勉強をしていると。

『はぁ──……』

　なんて、ちょっとわざとらしく思えるぐらいの大きなため息が隣の席から聞こえてきた。

　瞳だけ動かしてチラッと隣を見てみると。

　斜め向かいの席で、俺と同い年ぐらいの女の子がテーブルにうなだれていた。

　それが、俺が初めて白井さんを見た日。

『初花の気持ちもわからんでもないけどさ……』

　テーブルにべたっと身体を預けた白井さんの向かいには、彼女の友達らしき女の子が座っていた。

　人の話を盗み聞きしてはいけない、と勉強を再開しようとシャープペンを動かしたけれど。

『はぁ──……』

　という2度目の大きなため息に完全に俺の意識はそっち

に向いてしまい、その後の会話も自然と俺の耳に届いてしまった。

『初花さー、もう半年だよ？　さすがに……』

『うぅ……わかってるよ……。私だって忘れようって気持ちはあるよ。でも、あんなあからさまに仲良さげにしてるところ見ちゃったらさー』

『まぁねー。広夢くん、すごく楽しそうだったもんね。デート』

『うっ。輝（あきら）ちゃん容赦なさすぎ。もっと言葉を選んでよ』

『いやもうあんな男さっさと忘れなよ〜！　振り向いてくれない男のこと考えてる時間なんてもったいないよ。いい男はいくらでもいる！　恋の傷を癒（いや）すのもまた新しい恋っ』

　向こうは話すのに真剣（しんけん）で、こっちのことなんて見向きもしない。

　なるほど。

　……この子、初花さん、という人は、好きな人に振られたってことで良いのかな。

　大変だな……。

　と、うなだれたままの彼女をチラッと見た俺は、この時はまだそんな風に思うだけだった。

『そんな簡単（かんたん）に次とか無理だよ。だって物心ついた時からずっと一緒にいたんだよ。両想いになれなかったこともももちろんつらいけど、正直すっごく寂しくて……家族みたいに隣にいるのが、当たり前だったから。そんな中ああいう

の見ちゃうとさー』

『んーそうだけど……』

　まだ、誰かに恋をしたことのない俺には、あまり理解できない話。

　そう思って、今度こそ勉強に集中しようと参考書に目を向けたときだった。

『うん。……でも、輝ちゃんの言ってることもちゃんと、わかってる。……ぐずぐず考えてる時間、もったいない』

『おぉ、初花の口からそのセリフが出てくるだけ大きな進歩だ。えらいぞ！』

『うん、だからね、輝ちゃん。私……水霧受験することにした！』

　え。

　彼女のその言葉に、シャープペンを動かしていた俺の手は、完全に止まった。

　今、水霧って言った？

『っ、まじか！』

　俺の心の声も、その友人と同じ反応だった。

　だって俺の志望校と同じだったから。

　俺は今まさに、そこに受かるための勉強を今ここでしているんだ。

　もし、俺も彼女も受かったら同じ高校に通うのか、同じクラスになったりするのかなって。

　そう考えると少し胸がドキドキしている自分がいて。

　なんだか不思議な縁を感じて、ちょっと楽しみかも、な

んて思った。

『……今の成績のままじゃ厳しいけど、今から頑張ってみたい。……ずっと広夢と同じ葉凌受けるつもりだったから。広夢のこと忘れる勢いで勉強頑張ろうって！　さすがに、新しい恋とかは考えられないからさ』

『おぉ！　えらいぞ初花！　かっけーよ！　私、全力で応援する！　そうだそうだ！』

　彼女の友人はそう言って彼女を盛大に褒めて応援する。

　そして、俺も。

　頑張って一緒に合格しよう、なんて心の中で勝手にエールを送った。

　同じ学校の制服を着て、水霧高校の校舎で、彼女に会ってみたい、なんて。

　ここまでは、ただの興味本位だったと思う。

『よーし！　そうと決まればメシだメシ！』

『え、輝ちゃん、さっきお昼ご飯食べたよね？』

『育ち盛りなめんなよ？　腹が減っては戦はできぬ！　ほら、私のおごりだからさ！　いっぱい食べてこれから勉強頑張ろう！』

『うぅ……ありがとう、大好き！　輝ちゃん！』

　そんな会話を交わした彼女たちは、さっそく本日２度目らしい昼ごはんを注文しに行き。

　ちょっと騒がしいけどかわいらしいな、なんてほっこりした気持ちになっていた。

　彼女たちが仲良く商品を持って戻ってきて、さっそくハ

ンバーガーを食べ始めようとしたとき、それは起こった。

『あれ、初花が頼んだのっててりやきバーガーじゃなかった？』

『うん……あっ』

『それ、フィッシュバーガーだよね。間違えてるじゃん。店員さんに言って変えてもらおうよ』

　頼んだ商品とトレイにのった商品が、違うものだったらしい。

　忙しい時間帯のファーストフードチェーンでは多分、よくあること。

　店員さんに話せばすぐに交換してもらえるだろう。

　でも、その時の白井さんの反応は、違った。

『うーん……大丈夫！　いい、これで！』

『えっ!?　なんで！　向こうのミスじゃん！　私言ってこようか!?』

『いや、いい、いい！　大丈夫っ！　ほらさっきすごく混んでたし、ちょっと迷惑かなって。それに、私ももっとハキハキと注文すればよかったんだ。たまには冒険も大事だしね！　初めて食べるな……ここのフィッシュバーガー』

　意外だと思った。

　あんなに大きなため息を堂々とついちゃう彼女なら、そういうこと抵抗なく直接店員さんに言うんじゃないかと思っていたから。

　本来食べたかったものが食べられないって、だいぶ気分落ち込んでしまうんじゃないのか。

　今日初めて見かけた子のことを心の中でそんなふうにいちいち心配してしまう。

『え——。初花、そういうところあるよね……そんなんだと世の中損するよ。……て、聞いてないし。初花がいいならいいけどさ……』

　そんな友人の声とともに、白井さんがハンバーガーの袋を開ける姿が視界の端に映る。

　するとパクッとひと口食べた彼女の瞳がみるみる内にキラキラと輝きだした。

『っ!!　……わ!!　ここのフィッシュバーガーうま!!』

　と嬉しそうに発したのを見て、ものすごく美味しそうに食べる子だな、と思った。

　見てるとお腹が鳴ってしまいそう。

『あらそう……よかったね！』

『うん！　輝ちゃん、私、全然損してないよっ』

『……なんだ、聞いてたんか』

『へへ。もし今日ここでいつも通りてりやきバーガーがきてたら、私、一生フィッシュバーガーのこの美味しさに気づけなかった！　一生食べないままだったかも。そんなのそれこそ損してる。だからむしろ私は今、めちゃくちゃ得してる！』

　彼女のその言葉が衝撃的で。

　なんだか俺はすごく胸が熱くなって。

　純粋に、素敵だって思った。

　そんなふうに考えられたら、どれだけ人生が楽しくなる

だろう。

『ふはっ、初花らしいね。失恋して負のオーラ出しまくったと思ったら、美味しいもん食べた瞬間、スーパーポジティブ発言するんだもん』

『え、そうかな？』

　へへへ、と照れたように笑った白井さんの頬が少し赤くなっててかわいくて。

『うん。そうだよ。一緒にいると元気になる。……じゃああれだね。初花が広夢くんと結ばれなかったのは、これから出会う運命の人と結ばれるためなのかもね』

『えっ……なにそれ輝ちゃん……どゆこと』

　白井さんは少し眉を寄せて身を乗り出す。

『え。自分で言い出してなんでわからないんだ。だから、もし、今、仮に、初花が広夢くんと結ばれたんだとしたら、未来に出会うはずのもっとも――っと素敵な運命の王子さまを知らないままかもってことよ』

『はっ、なるほど……広夢がてりやきバーガーで、私の未来の運命の王子さまがフィッシュバーガー』

　え、なんだ、そのちょっと変な例え、なんて心の中でツッコミながら、さらに彼女たちの話に耳を向ける。

『そうそう。その時失敗だと思ったことも、もしかしたら、時間が経って振り返ったとき、あれでよかったんだって、むしろそれがなかったらこの幸せはないんだ！って、いつか思えるかもしれない、そういうことでしょ？』

『え……輝ちゃんすごい……そんな風に聞いたら、私めちゃ

くちゃ良いこと言ったみたいじゃん！　そう！　そういう意味！　そう思ったら、よけい元気出てきたよ！』

『ふはっ。そうって……。うん。初花はいい子だから。絶対、いつか素敵な恋できるよ。今、苦しい思いしている分。必ず』

『……輝ちゃん、泣きそう』

『運命のフィッシュバーガー王子との出会いのために！頑張ろう！　初花！』

『……それはちょっと一気にダサくないですか』

『初花が言ったんじゃん』

『いや、フィッシュバーガー王子とは言ってない！』

　ふたりの話を聞きながら、俺は、さっき食べ終わってトレイにくしゃくしゃに丸めたばかりのフィッシュバーガーの包み紙に目を向けて。

　耳がものすごく熱くなるのを感じた。

　熱を出した時以外で、そんな風になったのは生まれて初めてで。

　それから、１年が経って。

　無事に水霧に入学できた高校１年の春。

　校舎で白井さんとすれ違った時は、心臓が飛び上がって思わず振り返ったのを覚えている。

　同じクラスにはなれなかったから、どうやって話しかけよう、どう距離を縮めようってずっとそんなことばかり考えていて。

　そんな中、彼女を目で追っていたら、どんどん惹かれて
いってた。

　いつも笑顔で楽しそうで、行事ごとも一生懸命。

　気が付けば、俺の頭の中はいつも白井さんでいっぱい
だったんだ。

推しはものすごく距離が近いです

ほんとにここは織くんの家で。

そして愛菜さんは織くんのお母さんなんだ。

あれから、3人で夕飯を食べた。

その後お風呂に入って、今は部屋で心を落ち着かせているところ。

夕食中、私の隣で織くんが同じものを食べていることが信じられなかったけど。

愛菜さんと会話をしている織くんを見て現実なんだと実感が湧いてきた。

織くんが隣に座るということに最初は動揺したけれど、逆に真正面じゃなくてよかったと今になって思う。

絶対食事に集中できなかったよ。

かわいいなんて言われちゃったし。

社交辞令だと分かっているけれど、織くんのあの顔で社交辞令は辞めたほうがいい。

嘘だとわかっていても嬉しくなってしまうから。

まだ夢見心地だ。

私の部屋のすぐ隣が織くんの部屋だなんて。

こんな状況、学校のみんなに知られたら大騒ぎになってしまう。

めぐちゃんたちにも話せるわけない。

3ヶ月、無事に終えられるのかな。私。

　　——コンコンッ。

「はいっ」

　てっきり愛菜さんかと思って元気よく返事をしたのに、
　ドアを開けたのはお風呂上がりの織くんで。

　息をのんだ。

　待ってくれ。心の準備が。

「な、織くん!?」

　まさかの登場に声がうわずって、思わず立ち上がる。

　クリーム色のシンプルなスエット姿なのに。

　彼が着ると、ものすっごくカッコいい。

　キャラメル色の髪がまだ湿っていて、色気ダダ漏れだ。

　どこまで私の心臓を止めかけたら気が済むんだろう。

　彼にはそんなつもり一切ないんだろうけど。

「勉強してた？　邪魔してごめんね」

「ううん！　全然！」

　勉強なんて受験の時以降まともにしたことないんだか
ら!!

　今、机にノートや教科書が散乱してるのは、単純に部屋
の片付けがまだ終わっていないだけ。

　だらしのないところがさっそくバレてしまい、急いで机
に広がっていたものを１か所にまとめる。

「織くん、どどどうしたのっ!!」

「あ、うん。これ、いるかなって」

　そう言って、織くんは持っていたものを私に差し出して
きた。

　それは、数冊のノートで。

　表紙には、教科名と織くんのフルネームがそれぞれ書かれている。

　これって……。

「白井さん、今日、学校休んでたでしょ？　だから、少しでも役に立つといいなって」

「えっ……」

　織くん……学校休んだ私のために、ノート貸してくれるの……。

　顔面が人類最高ランクだっていうのに、性格までそうなのか……。

　ザ・完璧人間すぎるよ。

　本格的に織くんが輝きすぎて直視できなくなりそうだ。

「隣いい？」

「へっ！　あ！　うんっ！」

　急に言われてとっさにそう答えたけど。

　トナリイイ？ってどゆこと!?

　織くんとふたりきりの空気になかなか慣れないなか、彼の動きを見ていると。

　部屋の端に置いてあった椅子を持って、私の座る隣に持ってきた。

　そして、なんでもないことみたいにちょこんと自然に座って自分のノートを広げ始めた。

　なんで!!　なんで本当に座っちゃうの!?

　一気に心拍数が上がって顔が熱い。

お風呂に入った意味がないぐらい汗がすごいよ。

「あ、でも」

　ノートを見つめていた織くんが突然顔を上げて声を出す。

　その仕草（しぐさ）さえかっこよくて、もう私の脳内にある織くんのカットだけで、写真集を何十冊か作れちゃうレベルだ。

「俺と白井さん、クラス同じじゃないから進み具合とか変わってくるのか。クラスの友達に見せてもらった方が良かったよね。ごめん。俺、余計なお世——」

「そんなことない‼　クラスの友達なんてみんな勉強嫌いだからまともにノートなんて取ってないから‼」

　ごめん。めぐちゃん、しゅーちゃん、ちーちゃん。

　だって、こんなことで織くんに『ごめん』なんて言わせるの、織くんファンのみんなだって嫌だろうし。うんうん。

「白井さん……」

「だから、ありがとう‼　すっごくすっごく嬉しい！　織くんのノートを持ってきてもらえるなんて。たとえ白紙でも嬉しい！」

「ふはっ」

　え……織くん、笑った？

　なに今の破壊力（はかいりょく）。

「白紙のノートなんて借りてどーすんの。白井さんっておもしろいよね」

「なっ」

"おもしろい"

　そう言って笑顔でククッと肩を揺らしてる姿があまりにもレアでかわいくて爽やかで固まってしまう。

　ど、どうしよう。

　だって、織くんの笑ったところなんて初めて見たよ。

　世界の中心で織くんが笑ってくれたらあらゆる紛争が一瞬でなくなると思う。

「じゃあ、進み具合被ってそうな教科だけでも」

　一時停止している私をよそに織くんは続ける。

「あ、でもまず時間割が違うから、結構限られちゃうか。うわ……ほんとごめん。勢いで来て全然役に立てなくて……俺、ポンコツすぎる」

　うわ、なんだか織くん、学校のイメージと違ってめちゃくちゃしゃべるじゃん。

　お口ずっとぱくぱく動いているかわいい。

　心の声は一生うるさいのに、織くんを前にすると『うん』とか『なっ』しか言えなくなるの本当にどうにかしたほうがいい。私。

　てか、ポンコツってなに。

　絶対使い方間違っているよ、織くん。

　イケメンの間違いだよ。

　『俺、イケメンすぎるね』──ほら。こっちが正しいやつ。

「……織くん、ポンコツの使い方間違っているよ。織くんはポンコツなんかじゃない。間違えても二度と私の推しにそういうこと言わないでもらいたいですあのっ」

　心の声を1回出してしまうと止まらなくなるの、オタク

の悪いところだ。

　まぁ、織くん以外のオタクになったことはないんだけど。

「フッ、本人にそんな言い方するの新しいね。わかったからちょっと落ち着いて白井さん」

「っ!!!!」

　両肩に織くんの手が置かれたかと思うと、グッと顔を近づけられたせいで心臓が本格的に落ち着きそうになる。

　あぁ、つまり、完全に心肺停止しちゃうってこと。

　なんて罪な男なんだ織くん。

　しかも私のためにノート持ってきてくれるなんて鼻血案件なんてレベルじゃない。

　ミステリアスな雰囲気をまとう織くんの意外な面が、こんなにも見れてしまうなんて。

　しかも、織くんは思ったよりもよく笑う。

　うんと素敵な笑顔を向けてくる。

　癒されすぎて泣きそうだ。

　恐るべし、ひとつ屋根の下。

　幸福でお腹いっぱいである。

　さっき愛菜さんお手製のハンバーグをたらふく食べたばかりなので、本当の意味でもお腹いっぱいなのだけど。

「とりあえず、被ってるところあるか見てみようか」

「う、うんっ」

　織くんに言われるがまま、全教科のノートや教科書を開きながら、ふたりでお互いのノートを見比べる。

「……白井さん、字きれいだね」

「え、そ、そ、そうかな!?」

　字を褒められた。推しに。

　今日は命日ですか。

　ていうか……。

　この距離で推しと同じ部屋で並んで座るって！

　どういう世界線なのほんと！

　緊張してドキドキが止まらないよ……。

　あんまり静かだとこの音がバレてしま……いや、あれだけ最初に気持ちの悪いファンアピールしてるんだ。

　今更この音がバレたところで、である。

「あ、白井さんのそれ」

「え」

　突然、織くんが私のノートのある一点を見つめながら言うので同じところに視線を落とすと。

「ぎゃっ!!」

　そう言いながら、見えたものを慌てて手で隠した。

　けど……。

「ステーキ？」

　遅かった……。

　消えてしまいたい。

「これは、その!!」

「白井さん、絵も上手なんだ」

「や、えっとっ」

　そういえば……前回の数学の授業。

　あまりにもお腹が減ってノートにステーキの絵を落書き

してしまっていたんだ。消すのを忘れてた。

　いや、普段、落書きをちゃんと消すことなんてしないけど、織くんに見られるってわかってたら消してたよ!!

　よりによってなんでこんな時に限ってステーキなんだ。

　普段はもっと女子っぽいもの描いてるよ。

　アイスクリームとか。

　なのに、ステーキって色気のないもの……。

　絶対、食い意地張ってると思われた。恥ずかしい。

「上手なのに。なんで隠すの？　もっとちゃんと見たい」

「あ、ちょ、わっ……」

　私のノートをもっと近くで見ようと、織くんがさらにこちらに寄ってくるので、肩が触れてしまった。

　もう一度言おう。触れているんだ。肩が。

　しかも顔も一気に至近距離。

　少しでも織くんの方に顔を向けたらくっついて……あぁ、だめだ。

　いけないことを考えてしまった。

　想像したらいよいよ鼻から赤いものが出てしまう。

　と、思っていたらノートの上に置いていた手にピタッと、織くんの手が触れた。

「な、ちょ、あ、お、り、く、あっ」

　なななななにしてるんですか、柳瀬織く――ん!!

「どけて」

　そんな、「クーン」と今にも聞こえてきそうなおねだり顔で言うなんて。

　意地悪だよ、織くん。

　私はこんなに恥ずかしがってるっていうのに。

　こんなの……言うことを聞く以外の選択肢、ないではないか。

　ゆっくりと手をずらすと、チラッと、ジュージューという効果音付きのステーキの絵があらわになった。

「く、食い意地張っててすみません。この日は特にお腹が空いていましてっ」

「え、なんで謝るの？　俺、白井さんの食べてるところ好きだよ。すっごくおいしそうに食べる。……あの時も」

「え」

　織くんが、何かを言いかけて飲み込んだ。

「ううん。さっきも、ハンバーグ、すっごい美味しそうに食べてたから。白井さんがお風呂に入ってるときも、すごい嬉しいって母さんずっと言ってた」

「そ、そうかな……だって本当に、美味しいからっ」

　ごめん織くん。

　今の私、もう織くんのお話をまともに聞いていません。

　だってさっき『好き』って。

　いや、食べてるところが、とちゃんと言っていたけれど。

　でも、好き、スキって。

　織くんが、この私に『好き』という言葉をくれたんだ。

　歴史的瞬間以外のなにものでもないって。

「白井さんの隣にいると、幸せいっぱい分けてもらえそうだなって思う」

「なっ、織くんっ、これ以上はもう、しんどいですっ、胸キュンの500コンボで爆発する……」

「ふはっ、なにそれ」

　こっちは大真面目に言っているのに、織くんは『やっぱりおもしろい、白井さん』なんて、笑うんだから。

　はぁ……かっこいい。

　織くんってもしや、ちょっと天然なのかな。

　だとしたら、今までの言動に少しは納得がいくかも。

　うんうんそうだ。天然。

　いや、だとしても、心臓に悪いので今後はもう少し気をつけていただきたい。

「あ、そうだ。ちょっと待ってて」

　何かを思いついたような織くんがそう言ってササッと部屋を後にした。

　なにか、忘れ物？

　とりあえず、織くんが完全に部屋からいなくなったのを確認して。

「ぷはっ————」

　はぁ、やっとしっかり呼吸ができる。

　織くんといるとまともに息できなくて、私いつか酸素不足で倒れちゃうな。

　すごすぎるよ。

　あの顔面レベルで一般人として生活しているのがおかしいって。

　あらためて織くんのかっこよさに感心していると、新品

のノートと油性ペンを手に持った織くんが戻ってきた。

「白井さん、これに同じの描いてくれる？」

　ふぁ？　織くん今なんて言った？

「あの」

「ステーキ」

「や」

「ここに」

　まともに言葉を発せなくなっている私をよそに織くんは
ノートの表紙を指さした。

　な……本気でおっしゃっているの!?

「だめに決まってる！」

「え。だめ？」

「いや、だって、織くんのノートの表紙だよ!?　こんなへ
んちくりんなものが織くんのノートに描いてあるのみんな
に見られたら」

「自慢する」

「いや、意味わかんないよ、おかしいから！　自慢できる
要素１個もない！」

　織くんのノートに嫌がらせのような落書きをしたやつは
誰だって、学校中で犯人探しが始まってしまう。

　そんなことは絶対に……。

「ここに白井さんの描いたステーキがあれば、授業頑張れ
るんだけど……」

　ええ――。

　そんなあからさまにしゅんとされちゃ、私がいじめてい

るみたいじゃないか。

　カッコいいのにそんな顔もできるなんてズルすぎやしませんかね!!

　かわいいんだけどっっ!!

　あぁもう、織くん……あなたはどうしてそんなに……。

　ああもう……!!　いいでしょう!!

　描きましょう!!

　こうなったら、私史上最高ランクのステーキを!!

　だって推しに頼まれてるんだ、断れるわけがない。

　たかがイラストを描くだけのこと。

「……わかった、描く」

　間を置いてそう答えれば、目を見開いた織くんが表情をふわっと柔らかいものに変えた。

　ほぐれた笑顔。

　不意打ちすぎて泣きそう。

　最高すぎるこの顔面。

「よかった。すっごく嬉しいっ」

　癒しの全てが詰まったような澄んだ笑顔にふたたび息が止まる。

　どうして私なんかのこんなステーキを……。

　緊張のなか、なんとかステーキを上手に描くことができ。

「で、できましたっ、織くん！」

「うん。とっても美味しそう。完璧。ありがとう」

「……いえいえ、へへっ」

　推しに褒められ、このときには私の顔面の神経は全てが

ゆるゆるに壊れていた。

　もう頭の中もふわふわしちゃってダメだ。

　織くんの笑顔、いけないフェロモン出てる。

「白井さん」

「ん？」

「名前」

「え」

「俺の名前、書くの忘れてる」

「へっ!!　な、な、名前も!?」

　『うん』とまるで当然と言いたげな返事が返ってくるん
だから、びっくりしちゃう。

　そりゃ、何かあるたびにめぐちゃんたちと一心不乱に探
していた名前だけどさ……。

　本人の目の前で、しかも彼のノートに書くなんて。

　難易度高すぎやしませんか。

「漢字知らない？　これ」

　そう言いながら、織くんが自分のノートの表紙を見せて
くる。

「な、しっ、知ってるよ！」

　どれだけ毎日見てると思ってるの!!

　勉強も得意な織くんは、テストの成績もいつもトップで。

　毎回貼り出されるテストの順位表も、織くんの名前を見
るためだけに行っていた。

　だから知ってるに決まってる。

「じゃあ、お願い」

「っ」

　しょっちゅう見てる名前だけどっ。

　まさか本人の前で書く日が来るなんて思わないじゃん!!

　間違えることなんてない名前だけど、あまりの緊張で手が震えて歪んだりしたらどうしようと思いながらも。

　柳……瀬……織……。

　緊張していたわりにはなんとか綺麗に書けてホッとする。

　心の中で名前を読みながら、なんだか呼び捨てにした気分になって。ドキドキする。

　まさか私の字が、織くんのノートの表紙に載るなんて。

「正解」

　そう言って優しく微笑む織くん。

　ぬぁ……カッコいい……。

「あ、当たり前だよ。どれだけ織くんのこと見てると思って───えっ」

　突然織くんが私の手からペンを取り上げると、私のノートに描かれたステーキの横に、スッとなにかを書き出した。

　その字をみて、ボッと顔に熱が集まる。

　白……井……。

　初……。

　これって……。

　最後に花と言う漢字を書き終えた織くんが顔を上げて。

「白井初花」

「っ」

　私のフルネームを読み上げた。

　頭がクラクラして倒れそう。

　推しの字で自分のフルネームを書かれて、そのまま読み上げられるなんて。

　そんなこと人生で起こるなんて誰が考えるであろうか。

　このノート、使い終わっても一生捨てないよ。

　私が死んだときには棺桶に一緒に入れてもらおう。

「……織くん、なんてこと……」

　思わず声に出したまま顔を手で押さえる。

「これからよろしくね、白井さん」

「い、いえ……こ、こちらこそ」

「ん」

　ちょっと誰か、休憩をください。

　座ってるだけなのに短距離走をした気分だ。

　心臓の音の速さが異常。

　そんな私におかまいなしに、織くんはふたたびノートを見返すのを再開して。

　なんとか授業の進みが同じだった2教科のノートを無事に写させてもらった。

　織くんが自分の部屋へと戻って行ったのを確認してから。

「……無理、心臓がもたないぞっ」

　机に突っ伏したまま呟いた。

Chapter 2

推しとの同居は内緒にしたいです

「……さん」

　優しくて甘い香りが鼻を掠める。

「……んっ」

「白井さん」

　わあ……織くんの声だ。

　目を瞑ったまま、その癒される声に口元が緩む。

「朝だよ、白井さん」

　織くんが、私のことを呼んでいる。

　ぐへへ。

「学校、遅れるよ？」

　ん？

　織くんが……呼んでる……？

　お、織くんが!?

　意識がはっきりしてバッと目を開くと。

　そこには綺麗な顔がドアップでこちら見ていた。

「ぎゃっっ!!　お、織くんっ!!　なんで!!」

「おはよう白井さん。なんでって。また説明するの？」

　とちょっと眉毛を下げて笑う織くん。

　朝から刺激が強すぎる。

　そ、そうだった……。

　私、昨日から織くんちに……。

　またも織くんに寝顔を、しかも今度はだいぶ間抜けなに

やけ顔を見られたのかと思うと、顔が熱くなってしょうがない。

「おはようございますっ!!　ご、ごめんなさいっ!!　朝からお見苦しいものをっ!!」

　ベッドの上で勢いよく土下座する。

　この家に来て、土下座が私の得意技になってしまった。

「見苦しいって……。白井さんなんでそんなに自分のこと貶すの。学校がなかったら起こさずにずっと見ていたかったぐらいにはかわいかったよ」

「……っ、なっ」

　昨日から織くんと過ごすようになって、彼がクールそうな見た目からは考えられないほど天然であることは察したけど。

　織くんのその顔面でサラッとかわいいなんて言うの、ほんとやめて欲しい。

「ふっ」

　突然、織くんが私の顔をじっと見て、正確には私の前髪を見て、急にフワッと吹き出した。

「前髪もかわいい」

「へっ……」

　自分じゃなにも見えなくて、なんのことだかさっぱりわからない。

　なんだなんだと、急いでベッドから降りて、そのまま1階の洗面所の方へ向かって、鏡を見れば。

「はっ……」

　前髪の右側だけが触覚みたいにピョンと跳ねているではありませんか。

　な、なんでこんなことになる。

　こんな寝ぐせ、めったにつかないよ!!

　それなのにによりによってなんで織くんに起こしてもらった日にこんなことになるの～!

　推しに変なところを立て続けに見られてしまった。

　昨日からひどいよ。

　ステーキのイラストといい……よく生きてるな……白井初花……。

　半べそをかきながら必死に水と手ぐしで前髪を整える。

　まったくもう……。

「あれ、直しちゃったの？」

　っ!?

　後ろから声がして、鏡越しで背後に目を向ければ、キラキラオーラ全開の織くんがこちらを見ていた。

　眩しいっっ!!

　さっきは寝起きだったし慌ててたから見惚れる余裕がなかったけど。

　織くん眩しいっっ!!

「そりゃ、直すよ!!　こんなんで学校に行けないって!!」

「だったら写真撮っとくんだった。もったいない。かわいかったのに」

　この人は本当に……。

　織くんってもっと口数少ないクールなイメージだったの

に。

　思ったよりもふざけたり、冗談をよく言う人だ。

「も〜織くん、あんまりからかわないでよ〜」

　くるっと振り返って口を尖らせてそう言えば、彼がこちらに一歩、また一歩と近づいてくる。

　え。

　トンと、洗面台に手をついて、その綺麗な顔がこちらを見つめている。

　顔を上げればすぐそこに、推しの顔。

　一気に心拍数が上がる。

　な、なにゆえ……。

「……お、織くん？」

「本気」

「え」

「本気で、白井さんのことかわいいって思ってるから」

「っ、はっ」

「トーストにいちごジャムとバター、どっちがいい？」

「えっ、あっ、いちごジャム、で」

「ん」

　織くんはそう返事して私の頭に優しく手を置くと、そのまま洗面所を後にした。

　な、今の……なに。

　すぐに朝ごはんの話をされたからとっさに答えたけど。

　さっき織くん、私のこと……。

『本気で、白井さんのことかわいいって思ってるから』

　あんまりにも真剣な顔で言うんだもん。

　びっくりした。

　……ほ、本気って、どういうこと……。

　え、織くんってもしかして、私のこと、……好き、とか？

　ハハハ。

　いやいやいくら冗談でも妄想でも、そんなこと思ったら国に消される。やめよう。

　織くんが私を好きなんてそんなこと、アリが地球を持ち上げるぐらいありえない。

　何度もそう考えるのに。

『本気』

　織くんのそう言ったときの表情がしっかり脳裏に焼き付いて離れない。

　寝癖を直して顔を洗い、朝ごはんのために椅子に座っていても、心拍数は上がりっぱなしで。

　ダメだ、織くんの近くにいると日常生活に支障が出てしまう。

　トースト、トースト、ジャムジャムジャム……。

　どうにか精神を落ち着かせようと、とりあえず今口にしている朝ごはんを心の中で唱えていると、

「初花ちゃん、お家からはバス通学だったって聞いてたけど」

　オレンジジュースのおかわりを入れてくれた愛菜さんがそう聞いてきた。

「はいっ！」

「そっか。うちからは歩いて15分くらいだから、普段より
ゆっくりしても間に合うと思うわよ」

「あ、そうなんですね……！　あの満員のバスに乗らなく
ていいんだ……」

　嬉しくて思わず心の声が出ちゃう。

　いつも朝は人に押しつぶされて嫌だったんだ。

「白井さん、あと30分くらいで出ようか」

「うんっ」

　織くんの優しい声が隣から聞こえて、私は元気よく返事
をした。

　なんて……なんて優雅で爽やかな朝なんだろうか。

　すごい……。

　まさか、こうして織くんと並んで登校する日が来るなん
て。

　柳瀬家を出て住宅街を歩いてから、見覚えのある大通り
に出る。

　ここ、バスで通るばっかで歩くのは初めてだな……。

　終始ドキドキしながら、織くんと一緒に学校へと向かう
道を歩く。

　織くんは歩きながら、どこにどんなお店があるかを教え
てくれたりして、ひと言ひと言彼が発するたびに胸が高
鳴って忙しい。

　風が吹いて織くんの髪が少しなびくだけでもうオシャレ
すぎるＣＭみたいになる。

　ほんっとカッコいい……。

　織くん、スカウトとか絶対されるよなあ。

　ＳＮＳに写真あげたりしたらフォロワーもすごく増えそうだけど。

　やってるって話は聞いたことがない。

　やらないのかな……。

「あ、柳瀬先輩だっ」

「あれ……隣に誰かいる？」

　っ!?

　横を歩く織くんのことをぼんやり考えながら歩道橋の階段をのぼり終えたとき、後ろからコソコソとそんな話し声がした。

　柳瀬"先輩"って呼んでいるから、この声はきっとうちの後輩。

「彼女さん、とか？」

「えっ、嘘!!」

　はっ!!!!

　しまった。これはまずい。

　私は重大なミスを犯（おか）してしまっていた!!

　通学路で織くんとふたりきりでなんかいたら、勘違いされちゃうに決まっているよ！

　大変だ、大変だ。

　この状況を一刻（いっこく）も早くなんとかせねば!!

「あ、あの、織くんっ」

「ん？」

　チラッとこちらに目線を向けるその仕草さえもいちいちカッコよすぎる。

　色素の薄い髪がサラッと揺れて。

　って!!　見惚れてる場合じゃなくて!!

　緊急事態だっ!!

「き、今日までに提出の課題があったのすっかり忘れてて！その、今からダッシュで学校行ってやるから、先に行くね！」

「えっ……」

「ほんとごめん!!　ここまで一緒に来てくれてありがとう!!　おかげで道覚えられた!!　じゃっ!!」

「あ、ちょ、白井さん──」

　名前を呼んでくれた彼を置いて。

　私は、全力で走った。

　あの織くんに名前を呼んでもらったのにそれを無視するなんて。

　重大犯罪である。

　でも、しょうがないんだっ!!

　あの子たちに勘違いされて噂でも流されちゃったら、私は学校で生きていけないっ!!

　ごめんね、織くんっ!!

　明日から時間ずらしていかないと……。

　あそこで気が付かなかったら、学校まで織くんと行ってしまっていたよ。

　危ない危ない。

「はぁ……はぁ……」

　こんなに猛ダッシュしたのなんて、小学生のころ、学校の帰り道で犬に追いかけられたとき以来だ。

　明日、絶対身体のあちこち痛くなる……。

　なんとか教室に着いて自分の席にカバンをかけた瞬間。

「うぉっ」

　トンッと肩に重しが乗ったような感覚に声が出る。

「おっはよー！　初花！」

「ひとりで寝れた？」

「ママさん、無事に出発できて良かったね〜」

　と、めぐちゃんたちが私を囲む。

「あれ、初花なんか息切れてない？」

「もしかして寝坊？　ママさんいないと心配だなー。明日からうち交代でモーニングコールしようか？」

「それとも、いっそ泊まりに行こうか？」

　っ!?

「なっ」

　ヤバい。

　みんなには事前に、ママが出張で３ヶ月いないことやママの見送りで学校を休むとは伝えていたけれど。

　お家のことはなんて説明していいかわからなくて伝えていなかった。

　ていうか、本当のこと言えるわけないよ……。

　だから今も、ダッシュしてこうして息を切らしているわけで。

　でもさすがに、マンションでひとりだって嘘つくのも、めぐちゃんたちが本当にうちに押しかけてきたときに困るし。

「あの、実は……」

　私は呼吸を整えながら、織くんの名前は出さずに、ママの同期である愛菜さんが３ヶ月お世話してくれることになって今は彼女のうちにいることを話した。

「へー！　そうだったんだ!!」

「え、その人とふたりで住んでるの？」

「ううん。その方、旦那さん亡くしてて。その人の息子さんと３人かな」

「「「え！　息子!!」」」

　っ!?

　あ、やばっ。

　口が滑ってしまった。

　みんなにここまで言う必要なかったのに。

　猛ダッシュの疲れで頭が回らないままベラベラしゃべってしまった。

「あの、息子って言っても、その」

　誤魔化そうとしても時すでに遅し。

「いくつよ！　その息子さん！　年上？　年下？」

「同い年だったりして！」

「学校は!?」

　う。

　みんなのあまりの食いつきように思わずのけぞる。

「い、一応、お、同い年……」

　息子の存在を話してしまった以上、ヘタに嘘ついたら色々あとでボロが出そうで。私のことだから。

　正直に言う。

「えー!!」

「同い年の男がいる家で同居っ！」

「漫画かよっ！」

「カッコいい？　芸能人で言うと誰に似てる？」

「いいな──ずるー！」

　あはははは。

　めちゃくちゃカッコいいよ、なんたってその人はうちの学校一カッコいい柳瀬織くんなんだからね！

　なんて言えるわけない。

「……えと、す、すごくおとなしい人だから、あんまり話さないかな」

「え、そうなの？」

　つまんな！と、しゅーちゃん。

「絶対照れてるんだよー！　年頃の男子高校生だよ？　女の子が来て何も思わないわけない」

　と続けてちーちゃんも言う。

　きっと、私が逆の立場なら同じ反応をしていたに違いないか。

「初花にもついに春が来たかー！」

　なんて、めぐちゃんが腕を組みながら嬉しそうに言うから。

「いやちょっと勝手に話進めないでよ！　全然そんなんじゃないから」

　慌てて否定するけど。

「進展、楽しみにしてるよ！」

「今度、会わせてよ！」

　って。そんなことできるわけ……。

「織くんだ！」

　っ!?

　その声に、心臓がドクンと大きく鳴った。

　クラスのほとんどの女子が一斉に廊下に目を向けて、私たちもいつものように彼を見る。

　『今度、会わせてよ』って。

　あなたたちが今、見惚れているその方こそ、私と一緒に住んでいる男子高校生なんですよ。

　すごい不思議な気分。

　さっき一緒に私と歩いていたはずの男の子がみんなのうっとりした目に見つめられながら歩いている。

　織くんの周りだけが本当にキラキラ輝いていて。

　まるで日に照らされた海の波みたいに光り輝いてて。

　そんな彼と、昨日も今朝も一緒にご飯食べて話していたなんて。

　学校での私たちの距離はこんなに遠いのに──。

　バチッ。

　へ。今……織くんと。

「え!?　今、織くん、こっち見てなかった!?」

　そう騒いだのはめぐちゃんで、ちーちゃんやしゅーちゃんもそれに続く。

「やっぱりそうだよね！　うちも思った！」

「え！　私らそんなにうるさかったかな!!」

「……っ」

　ど、どうしよう。

　顔に熱が集中する。

　学校で、織くんと、目が合ってしまった!!

　秘密の同居が始まって数日。

　朝は織くんよりも家を早く出るように努めている。

　日直があるとか、委員会の仕事があるとか、友達と待ち合わせしているとか、嘘を言って。

　心苦しいけどしょうがない。

　己を守るためだ。

　織くんはみんなの織くん。

　独り占めなんかしちゃいけないから。

　今日も急いで柳瀬家から出て、早歩きで学校へと向かった。

　明日はなんて理由で家から早く出ようかと悩みながら教室に着いて少し経つと。

「おはよー初花！」

　めぐちゃんたち3人が登校してきた。

「おはよーみんな」

　挨拶して、いつものように他愛もない話をしていると、

廊下側から歓声が聞こえた。

　おなじみの光景。

　織くんが登校してきたんだとみんなで顔を廊下側に向けると。

「……白井さん、いますか?」

　へ。

　な、なんで。

「な、なんで織くんがうちらのクラスのぞいてるの!?」

「てか、初花のこと呼んでる!?」

　思ってもみなかった展開に、固まったまま動けない。

　そこには正真正銘、みんなの王子さまである織くんの姿。

　思わず見惚れていたら、教室を見渡していた彼と視線が絡んだ。

「え、なんかこっち来るよ!」

　と騒ぐしゅーちゃんがバシバシと私の肩を叩く。

　な、な、なんで、織くん、こっちに向かって歩いてくるの!?

　どうしよう、私、何した!?

「白井さん」

「は、は、はいっ……」

　私の席の前に立つ織くんが、優しく私の名前を呼ぶ。

　クラス中、ううん、教室の外からも何事かとたくさんの人が集まってしまっている。

　こうなるのも無理はない。

　だって、織くんが自分から女子に、というか人に話しか

けているっていうのが珍しすぎることだというのは、織くんファンである私もよ──く知っている。

「これ」

「はっ」

　織くんが手に持っていたものをこちらに差し出してくる。

　こ、これは……桃色のランチバッグ。

　私のお弁当だ!!

「え、これ、初花の弁当じゃん!　なんで織……柳瀬くんが持っているの!?」

　私が受け取る前に、めぐちゃんが私の後ろからそう言う。

　そりゃそう突っ込まずにはいられないに決まってる。

　一気に冷や汗が止まらない。

　完全に注目の的。

　ここで何かを間違えたら、私が織くんと住んでいることがバレちゃうかもしれなくて。

　この場をどう切り抜けようかと頭をフル回転させていると、織くんが先に口を開いた。

「……今、白井さん俺の家に──」

　っ!?

「あぁー!!」

　慌てて、織くんの声にその10倍ぐらいの大きさの声を被せる。

「柳瀬くん、ありがとっ!!　今日、あんまり急いで来たから道で弁当落としちゃったのかも!!　それ見て拾ってくれ

たんだよね!!」

　なんて。

　とっさに嘘をつく。

　こんなすぐにバレそうな嘘しか思いつかなかった自分に泣けてくる。

　でも、ここまで来たら貫くしかない。

「え」

「ねっ!?」

"話を合わせて欲しい"

　そんな気持ちを込めながら必死に目で訴えると。

「あぁ……うん」

　織くんがそう話を合わせてくれてちょっとホッしているのも束の間。

「ええ——そんなことある？」

　なんてちーちゃんが突っ込んでくる。

　こういうことには鋭いから困っちゃう。

「ほらほら、私よくカバン全開のまま歩いちゃうことあるし！」

　とさらに言えば。

「あぁーまぁ初花ならそういうこと時々あるけど」

　とめぐちゃんがうなずいてくれる。

　ホッ。

「でしょ!!　だからほんっと助かりました!!　ありがとう柳瀬くんっ！」

　あらためてお礼を言えば、フワッと織くんが優しく笑っ

て、その場がどよめく。

　わかる。

　織くんスマイルの破壊力はダイナマイト級だ。

「ううん。よかった。無事に届けられて。じゃあね」

　織くんはそう言って私の教室を後にした。

　周りはみんな"織くん優しいカッコいい笑顔が最高すぎる"の表情。

　ほかのグループの女子から「白井さんのおかげであの織くんの笑顔が初めて見られて感動」なんて言われちゃって。

　恨（うら）まれたりするような状況にならずに済んで、胸を撫で下ろす。

　よかった……。

　めぐちゃんたちも、織くんが触った弁当を私たちも食べたい！なんて騒ぎだして。

　私の弁当をなぜ織くんが持っていたのか、細かいことは、もう誰も気にしていなかった。

　私のあの苦し紛れの嘘も信じてもらえたらしい。

　というか、織くんのあの笑顔の破壊力が凄（すご）すぎてみんなちょっと記憶喪失（そうしつ）になったんだと思う。

　とりあえず、なんとか危ない状況を免（まぬが）れることができてよかったけど……。

　さすが天然織くん。

　さっき、私と同居してることみんなに言いそうになってたよね。

　帰ったら、同居のことは内緒にして欲しいってちゃんと

言っとかなくちゃ。

　時刻はただいま夕方6時。

　昨日、今日のおやつにと愛菜さんが作ってくれたプリンを食べながら、部屋で授業の復習を終えて伸びをしていたときだった。

　──コンコンッ。

「はいっ」

　部屋のドアをノックする音が聞こえて返事をすれば、ガチャっとすぐに音がした。

　今、愛菜さんは仕事中。

　このドアを叩くのはひとりしかいない。

　制服から普段着に着替えた織くんがひょこっと扉から顔を出していた。

　だはっ……なに着てもなにやってもカッコいいんだからまったく!!

「……白井さん」

「は、はいっ!」

　織くんに名前を呼ばれると、自然と起立してしまう体になってしまった。

「ちょっと、付き合ってくれるかな」

「えっ……」

「夕飯の買い物、一緒に行ってくれないかなって。今日、母さん、残業で遅くなるみたいだから」

「……あ、愛菜さん、残業！」

『ちょっと、付き合ってくれるかな』

　そのセリフに、一瞬ありえないことを考えてしまった自分が恥ずかしい。

「うん。時々あるんだよね。10時過ぎても帰ってこないとか」

「わぁ……そうなんだ。大変だね」

「うん。まあよくあることだから。……白井さん、一緒に行ってくれる？」

「はいっ、行くです！」

　前のめりで即答してすぐに支度を始める。

　あの織くんに誘ってもらったんだ。

　断ったらバチが当たる。

　９月中旬。

　夜は昼間よりも肌寒くなってきたから、１枚パーカーを羽織って。

　私は、織くんとふたりで外に出た。

「……織くん、あの、今日お弁当届けてくれてありがとう。それと……話合わせてくれたのも、すごく助かった」

　織くんとふたり、並んで歩き出してあらためて、今朝のお礼を言うけど。

「……」

　織くんからの返事がない。

　まずい……。

　やっぱり、急にその場しのぎであんなこと言ったの、不

愉快だったかな。

　ああダメ、嫌われたくないよ、織くんには‼

　今更反省して、口を開く。

「……あ、なんか、私、やな感じだったよね……ほんとごめ——」

「呼び方……」

「えっ」

　織くんの足が止まって、その顔がこちらを向いた。

「……っ」

　街灯の灯りに照らされた織くんの顔があんまりにも綺麗で、息をのむ。

「……柳瀬、になってた」

「そ、それは……」

　だって。

　"織くん"なんてなれなれしく呼んじゃ、みんなから白い目で見られると思って……。

「……うちに白井さんが住んでること、みんなに隠したい?」

　名前の呼び方のことを説明しようとしたら、さらに織くんが聞いてくる。

　そんなの……当たり前じゃないか。

　正直に「うん」と頷けば、織くんが、なんで?なんて聞いてくるんだからびっくり。

　織くん、自分が人気者って自覚、ないのかな。

「……そっか。そんなに嫌なんだ。俺と一緒にいるの」

　ん!?

　織くんのセリフを聞いて、勢いよく彼の方を見た。

「な、何言ってるの、織くんっ!!　違うよ!!　嫌なわけない!!　毎日嬉しくて夢みたいだって思ってる。けど、私みたいなのが織くんと一緒に住んでるってバレちゃったら、女の子から恨まれるに決まってるから!!」

「……っ」

　織くんといるのが嫌だから隠していると思われちゃうなんて……。

　私が織くんの大ファンであることは十分伝わっているはずなのに。

　どうしてそういう考えになるのか……。

「っ、恨まれる……？」

　え。

　なんでわかんないの。

「や、その、他の織くんファンに目をつけられてしまうと言いますか」

　そう言えば、織くんはさらに首を傾げる。

　え―――。

「一緒に住んでるのは俺と白井さんで、それに他人がどうこう思うのは変じゃない？」

「いや、まぁ、そうなんだけど、」

　世の中、そういう考えじゃない人がたくさんいるんだよ、織くん。

　もし同居してることがバレちゃったら、なんであの芋女

が、とか、織くんとは不釣り合いだとか、きっと色々思われちゃうしコソコソ言われちゃうに決まってる。

　コソコソならまだいい。

　直接危害を加えられたりなんかしちゃったら本格的に学校に行けなくなっちゃう。

　だから……。

「織くんが思ってるよりも、織くんはすごい影響力ある人なの。そんな人の隣に私みたいな冴えない人間がいちゃ絶対よく思われないから……それが、ちょっと、怖い、かな」

　目を逸らして歩きながら呟いていると。

　突然、肩を優しく掴まれて、足が止まった。

　しっかりと視線がぶつかって。

　その瞳に囚われたら、簡単に逸らすことができなくなる。

「お、織くん……？」

「白井さんを傷つける人が誰であっても、俺が許さないから。俺がちゃんと、守るよ」

「……っ」

　なっ。

　なんでそんなこと言ってくれるの織くん。

　そんなこと、推しに言われちゃこの心臓がまた大きな音を立てはじめるよ。

　ほら、バクバクうるさい。

　もしや、この外の静けさのせいで聞こえてますか。

　ダメだダメだ。

　自分だけに特別なんじゃないかと錯覚してしまいそうに

なる。

　私が織くんと一緒に住めているのは、偶然以外の何ものでもなくて。

　もし織くんファンの別の子が私と同じ状況になっていたら、やっぱり羨ましいし、抜けがけじゃんと思ってしまう。

　お願いだから、これ以上ときめいちゃうことをサラッと言わないで欲しい。

　存在してるだけで、織くんはときめきフェロモン大放出なんだから。

「……でも、よかった」

「へ？」

「……白井さんに、嫌われたのかと思ったから」

「な、嫌うわけないよ……ありえない」

　まさか、織くんがそんなことを思っていたなんて。

　織くんを嫌うことなんて絶対にないけれど、それでも、もし仮に私みたいなのに嫌われたとしても織くんにとっては痛くもかゆくもないことだと思っていたから。

　まぁ、織くんを嫌うことなんてほんと500％ないんですけどね!!

　そんなことを織くんが心配していたのかと思うと、申し訳ないのと同時にものすごく嬉しくなってしまって、緩む口元に必死に力を入れる。

「ありがとう。それ聞けて安心した。でも、白井さん困らせることはしたくないから、学校の人たちには話さないようにする」

「織くん……こちらこそありがとうだよ!!　すっごく助か
る……はあ、どんどん好きになっちゃって困るな……」

　なんて感謝と嬉しさでニコニコしながら、思わず心の声
を漏らしてしまったら、一瞬、目の前の整った顔の目が見
開いた。

「……俺も」

「ん?」

　ボソッと小さな声で織くんが呟いたけど、あまりの小さ
さに聞こえなくて聞き返す。

「……いや、白井さんの笑顔、かわいいなと思って」

「なっ、……もう!　織くん、そういうところだよ!!　推
しにそういうこと言われたら心臓止まるのっ!!　からかう
のもほどほどにっ!!」

　彼から目を背けたまま必死にそう訴えるけど、天然な織
くんにはやっぱりちゃんと伝わっていないっぽい。

「推しって……」

　と笑われたので。

　私は、推しという存在について、推しである織くんに向
けて熱弁した。

　推しは、存在してくれているだけでこちらの生きる糧に
なるんだということ。

　織くんとすれ違えるだけで1日中ハッピーでいられると
いうこと。

　織くんは多分若干引きながら、それでも「そっか」と笑っ
てくれるから。

　さらに推しの好感度が爆上がりしてしまうのだ。

　あれから無事にスーパーで夕飯の買い出しを終えて、夜道をふたりで並んで歩いた。

　ヒュッと吹いた風が肌寒くて、いよいよ本格的に秋がやってくるのを感じる。

「ねぇ、白井さん」

「はいっ」

　推しに優しく名前を呼ばれることに少しずつ慣れつつあるのがちょっぴり怖い。

　相変わらず、過剰に大きく返事をしてしまうのだけど。

「ちょっと、寄り道してもいい?」

　その整った顔が、ほんのり無邪気（むじゃき）な表情を見せながら、先に見えるコンビニを指さすから。

　『また新しい織くんが見られてしまった!!　眼福（がんぷく）!!』と心の中で叫びながら「うんっ」と強く頷いた。

「いらっしゃいませー」

　店員さんの声と聴き慣れた店内ＢＧＭ。

　会計を終えたお客さんふたりが私たちと入れ違いで出て行って、店内には今、私たちを含めてお客さんが３人。

　店員さんは、私たちと同世代ぐらいの男の子がレジにひとりと商品棚（だな）の方にひとり。

　織くんとコンビニに入る世界線、なにっ!!

　織くんといると、時間差でなにもかも実感してしまう。どうにかしたい。

　そもそも並んで歩いているのがおかしいんだよずっと。

　なんて、私の頭の中はずっとうるさくてしょうがない。

　だって、入学してからずっと憧れてた人が隣にいるんだから。

　それにしても……織くん、何が欲しくてコンビニに寄ったんだろう。

　お菓子や飲み物ならスーパーの方が安いはずなのに、と思っていたら。

　織くんは、飲み物コーナーを見るわけでもお菓子コーナーに行くわけでもなく。

　すぐにレジ付近の方に向かった。

　ちょこちょこと後ろをついていく。

「……母さんがいたら、ご飯前にやめなさいって怒られちゃうんだけどね」

　そう言いながら、いたずらっぽい表情で口元に人さし指を持っていったその仕草に、目眩がしそうになった。

「はい、白井さん」

　店内を出て、お店の壁に織くんとふたりで背中を預けながら。

　織くんが買ったばかりの肉まんを半分にして、そのひとつを私に差し出してくれた。

「わっ……あ、ありがとう……」

「まるまる１個だと夕飯食べられないかもだから。半分ずつね」

「お、織くんと……半分こ……」

　じっと、もらったばかりの肉まんを見つめる。

　わあ……織くんと半分こした肉まん……どうしようこんなもの食べられない。

　部屋に飾る。うぅ……。

「早く食べないと冷めちゃうよ？」

「だ、だって、もったいなすぎてっ!!　これは黄金の肉まんだよ……織くんと半分にした黄金の肉まんっ!!　食べられないっ!!　展示すべき!!」

　さっきあまりにも推しについて熱く語ってしまったからか、諦めたようにペラペラと気持ち悪いセリフが出てきてしまう。

「……また来たらいいよ。明日でも明後日でも。３ヶ月は、白井さんずっとうちにいるんだから」

「っ、織くん……」

　私の発言を『気持ち悪い』なんて言わないでそんな風に言ってくれるの、織くんだけだよ。

　いやきっと心の中では気持ち悪いとか思ってるかもしれないけど。

　それでも『また来たらいいよ』って。

　優しすぎて泣いてしまう。

「いっ、いただきますっ」

「どうぞ」

　パクっとひと口かじれば、ふわっと湯気が見えて。

　皮のもちもち食感と甘み、お肉のジューシーさが口いっぱいに広がって。

　そしてなにより。

　これは織くんに半分もらった肉まん……っ！

　今まで食べてきた肉まんの100億倍おいしい。

　そんな風に思った時だった。

『初花の方が絶対おっきいだろ！』

『そんなことないっ！　平等だよ平等！』

　思い出してしまった。

　広夢と、ふたりで肉まんを分けて食べていた日々を。

「……白井さん？」

「はっ」

「大丈夫？」

　っ!!

　一瞬、思い出に浸っていたら、織くんが私の顔を心配そうに覗き込んでいた。

　薄茶色の綺麗な瞳がうんと近くにあって。

　息が止まる。

「だ、大丈夫っ!!　ちょっと、昔のこと思い出しちゃって」

「昔？」

「……うん、幼なじみと、よく学校帰りに食べてたから」

　こんな話、織くんにするべきじゃないのに。

　あんまり優しい声で問いかけてくれるから、つい話してしまう。

「幼なじみ……もしかしてこの前持ってた写真の人？」

　あ。

　そっか。

　織くんにはあの写真、見られているんだよね。

「……うん、広夢って言うんだ」

　久しぶりに彼の名前を口に出して、胸がギュッと締め付けられるような感覚になる。

　……全然、吹っ切れてないな。

　未練タラタラだ。

　まだ彼を思い出して浸れちゃう自分に呆れて。

　悔しくて。

　きっと今の広夢は、私のことなんて思い出す間もないのに。

　目の奥が熱くなって、ギュッと、肉まんを持つ手に力を入れた時だった。

　突然、織くんの手が伸びてきたかと思えば、その手が私の手首を掴んで。

　私の半分の肉まんが、織くんの口元に持っていかれて。

　え……。

　パクっとひと口食べられてしまった。

「お、織くん……」

「白井さんが全然食べないから」

「やっ！　食べてたよ……！　一瞬、意識飛んでただけで、ていうか」

　なんですか、今の。

「白井さん、顔真っ赤」

「だ、だって！　そりゃなるよっ!!」

　私がそう訴えれば、織くんがまたフワッと笑って。

溶けちゃいそうだ。顔が熱い。

顔だけじゃない。身体全部。

さっきまで胸が痛かったはずなのに、織くんにドキドキさせられて、痛みがなくなる。

「……俺は、白井さんにさっきみたいな顔させないのに」

「……えっ」

「ううん。俺いるのに、他の人のこと考えるなんてひどいな〜って」

「なっ!!　べつにそんなつもりは!!」

いやでもそうなのか……。

織くんという推しとふたりでいながら、広夢のことを考えちゃうなんて……。

そう指摘されて、さらに自分が広夢のことを忘れられていないことを痛感してしまう。

ダメだ。このままじゃ。

「悲しいな……」

「違うんだよ織くん!　わかったもう絶対考えないっ! 広夢なんて織くんの足元にも及ばないんだから!」

必死にそう言えば、織くんが「ふはっ」と吹き出して。

尊いとかかっこいいとか、それ以上に。

胸がキュンとして。

この笑顔を見せてくれるのは、私だけでいいのに、なんて思ってしまった。

推し活と恋愛はまったくの別物です

　翌日の朝。

　私は、織くんと時間をずらして学校に行くことにしている理由を愛菜さんにしっかりと伝えた。

　今まで嘘をついて早めに家を飛び出していたこともきちんと謝って。

　私が事情をちゃんと説明したら、愛菜さんは「本当のこと話してくれて嬉しい」と言ってくれた。

　なんだか愛菜さんと少し距離が縮んだ気がしてほっこりした気持ちになる。

「それにしても、織ってそんなにモテるの?」

「愛菜さん、モテるってものじゃないですよ、もう、芸能人ですよ!　アイドルです!」

　と、朝から私の織くんオタクスイッチが入ってしまい、この口がペラペラと話しだす。

「付き合うとか付き合わないとかそういうことではなくて、なんというかもう、尊い、というか。生きてるだけで感謝!的な!」

　推しのお母様に向けてこんな語彙力のない話をするなんて、異様な光景すぎるよなと反省する。

「えーそうなの?　親としてはそんな風に思われてるの悪い気はしないけど……あ、ほら、織ってあんまり愛想良くないじゃない?　だから今までも友達も少なくて……学校

でちゃんとやれているのか心配だったのよ……」

「いや、そこがまた織くんのいいところなんです！　誰に
でもニコニコしないからこそ、いざそういう表情見たとき
のレア感と言ったら……」

　そう言いながら、昨日織くんが見せてくれた笑顔を思い
出して、にやけてしまいそうになる。

「……全然そんなんじゃないから」

　なんて織くんはご謙遜。

　いや、天然だから本当に気付いていないのかもしれない、
と思っていたら、オレンジジュースを飲んだ織くんが口を
開いた。

「……よく知らない人たちからどんなに良く思われても、
好きな人が自分と同じ熱量で自分のこと思ってくれな
きゃ、意味ないでしょ」

　え。

　愛菜さんはそれを聞いて、「まぁ」と目を大きく開けて
いる。

　私はと言うと……。

「お、織くん、すすす好きな人いるの!?」

　いつものように遅れて驚いて思わず席を立つと、織くん
が「うん」と頷いた。

　ま、まじですか。

　食べていたベーコンが喉に詰まりそうになったよ。

　愛菜さんも「私も初耳！　織、なんで言ってくれないの！
今日はお赤飯炊かなくちゃ！　え、誰なの！　お母さん

知ってる人かしら！」なんて騒いでいる。

　当の本人、織くんは耳を真っ赤にしたまま俯いていて。

　あの織くんがめちゃくちゃ照れている！とまた新たな織くんが発見できて嬉しくなっているのと同時に、俯いたままの織くんを見てハッとする。

　あぁ、これは、まずい。

　騒ぎすぎたかな……。

　愛菜さんと目が合って、お互いに「やっちまったかも」って顔をしていたら、顔を上げた織くんが、恥ずかしそうに言葉を発した。

「……同じ学校の子……すごくかわいい、けど、ふたりにはまだ言わない」

　え。ちょ。

　朝食と身支度を終えて家を出てからも、ときめきがおさまらない。

　織くんが『すごくかわいい』って言った時の表情。

　もう私の知っている言葉では言い表せないぐらいの素晴らしいもので。

　心臓が大暴れで大変だった。

　織くんにあんな顔をさせちゃう子、すごすぎるよ……。

　いったいどんなかわいい子なんだろうか。

　相手が誰であろうと、あんな顔する織くんを見せてくれた彼女には、感謝の気持ちでいっぱいである。

「織くん、好きな人と上手くいくといいね！　推しの恋！　私は全力で応援する派だよっ！」

「んー……でもその子、好きな人いるから」

「え……そんなもの、織くんが告白したらコロッといっちゃうよ……織くんが片想いしている世界なんてあるの……」

まったくもって信じられない。

「あるよ」

と織くんがあんまり切なげに笑うもんだから、返す言葉が見つからなくなってしまった。

こんな国宝級イケメンが片想いしているんだから、そりゃ、私なんて幼なじみに振られるに決まってるか……。

大通りに出るまでの小道は、わりと人目が少ないので織くんと並んで歩いて。

「じゃ、またね」

「うん」

大通りに出てからは、織くんが歩幅を少し大きくして、私は歩くスピードを落として。

だんだんと距離を取って歩くようにする。

織くんの提案だけど、これならバレないかも。

これからは、わざわざ時間をずらすことなく、小道で織くんとのふたり時間を楽しみながら登校できるわけで。

なんて幸せな朝のひとときなんだ……。

と、そんな思いに浸れたのは一瞬だった。

校舎に入ったとたん、なんだかすごくいろんな人に見られている気がして。

「白井初花って、あの子?」

階段をのぼっていたら、そんな声が聞こえた。

　気のせいかと思っていたけど、自分のフルネームが聞こえたんじゃ何事かと思う。

　私、何かしたかな……。

　だんだん不安になりながら、早くめぐちゃんたちに会いたいと早歩きになる。

　そして、教室の扉を開けた瞬間。

「初花っ！」

　よく知っている声が私の名前を呼ぶのが聞こえて安心する。

「めぐちゃん……なんか、私……すごいいろんな人に見られ──」

「あんた、織くんと付き合ってるってほんとなの!?」

「え」

　な、なんということでしょうか。

「すごい噂になってるよ。昨日、ふたりがコンビニで仲良さげに買い物してたって」

　と、ちーちゃんが若干不安そうに聞いてくる。

　えぇ……。

　昨日のあれ、誰か見てたの……。

「ね、初花、どうなの！」

「そ、そんなわけないじゃん！　私と織くんが付き合うって！　ないない！　ないないない！」

　教室にいる全員がこっちを見ているから、全員に聞こえるぐらいの声で、全力で否定する。

　織くんのうちに住んでいることがバレるよりも先に、ま

さか、付き合ってることになるなんて……。

　織くんにとっても大迷惑すぎるよ!!

　好きな人に、こんなの聞かれたくないだろうし。

「じゃあ、コンビニの目撃証言は……」

「見間違いだよきっと！　私、昨日は家で寝てました」

「それを証明できる人は！」

「いやいないけど……」

　刑事ドラマですか。

「でも昨日、織くん、初花の弁当持ってきてくれたじゃん」

「そうそう。あのあとにこんな噂が流れているわけだから、
え、まじで？と思うわけで」

　はあ……なるほど。

「まぁ、本人が違うって言うんだから違うんじゃね」

「あの柳瀬と白井がっていうのは、正直想像できないわ」

　おいちょっとそこの男子、聞き捨てならないんだが。

　まぁ、でも、実際そうだから言い返せないんだけど。

　──ガラッ。

　突然、勢いよく教室のドアが開くと、そこにはクラスメイトの女の子がひとり。

　爽やかな笑顔で口を開いた。

「今、織くんにも聞いてみたんだけど、付き合ってないって!!」

　そのセリフを聞いたクラスの女の子たちが一斉に安堵の声を漏らす。

「よかったー」

「まあ白井さんは違うよね」

などなど。

ちょっとみんな。辛辣すぎませんかね。

まあ、噂が嘘だってわかってよかったんだけど。

なんだろう。

織くんと関わりがあること、みんなにバレたくなかった
はずなのに。

ここまで、あっさりと納得されるのもちょっと癪というか……なんて!!

いや、よかった!!

あのままみんなが噂を信じたりしたら、それこそめんどくさいことになってたに違いないしね!

うんうん!

「で、あの、なぜか今から私、尋問される感ハンパないんですけど」

「そうだね。今から尋問すっから」

うっ。

放課後。

あれから学校はいつも通り平和に過ごせたというのに。

帰りのホームルームが終わって教室を出ようとした時、

なぜか、めぐちゃんに「初花、今からちょっといい?」
と声をかけられて。

私は今、学校近くのファミレスに、めぐちゃん、ちーちゃん、しゅーちゃんと一緒にいる。

「とりあえず、これ食べてよ」

　とめぐちゃんがニコッと笑ってテーブルに置かれたあるものを私の方に差し出す。

「カツ丼っ!!　ではなく、パフェ!!」

　取調べイコールカツ丼の時代は今、終わった。

　私の目の前には、キラキラ宝石のように輝くフルーツチョコレートパフェがある。

　控えめに言って、今すぐ食べたい。

「うん。ほら、とりあえず食べな」

　めぐちゃんのその声に、ゴクンと喉が鳴って。

　私はすぐスプーンを持った。

　これから何が始まるのかわからないけど、とりあえずお腹が空いたので!!

　スプーンですくってパクっと口に入れると、果物の甘<ruby>甘<rt>あま</rt></ruby>酸っぱさと生クリームのなめらかな甘さが口いっぱいに広がって。

　さらにバニラアイスのひんやりとした冷たさが身体に染<ruby>染<rt>し</rt></ruby>みる。

「んー!!　美味しい!!　これ、めぐちゃんのおごりなの!?」

「うん。初花が正直に話してくれたらね」

「えっ……」

　ん?　な、なにを?

　今気づいた。

　めぐちゃん、終始ニコニコしていたけど。

　目が、全然笑ってない。

「私らになんか隠してるでしょ、初花」

「ひっ」

　その威圧感（いあつかん）に、パフェ用の長いスプーンが手から落っこちそうになる。

　な、なんで……。

「めぐがね、初花、ママさんが出張に行ってからおかしいって言うんだよ」

　と、隣に座っていたしゅーちゃんが私からひょいっとスプーンを取り上げてそのままパフェのクリームをすくって言う。

　わぁお。めぐちゃん、勘が鋭ぉ～い。

「違うなら違うって、はっきり言ってくれていいのよ？」

　めぐちゃんの絶対に見破ってやるって瞳にしっかりと囚われて逃げられない。

「これは私の推測（すいそく）でしかないし」

「……はいっ」

「初花が、ママさんの同期の人のうちにお世話になってから、まず、織くんが初花の弁当を届けに来たの」

「……っ」

　ドクン。

　織くんの名前が出てきてしまって、あからさまに目を逸らしてしまったらめぐちゃんの唇の端が上がった。

「それから、今回、ふたりがコンビニで買い物していたって目撃証言」

「いや、私らは、たまたまなんじゃないの？って思ってる

んだけどさ〜」

　と、めぐちゃんの隣に座るちーちゃんが苦笑する。

　たまたまだって、ここでそう言えればどんなに楽だろう。

　でも、大好きなみんなに隠し事をいつまでもしているのも辛い。

　だけど、みんなだって織くんのファンで。

　もし、本当のことを知っちゃったら、どう思うだろうか。

　私のこと、ずるいって嫌いになっちゃわないかな……。

　ギュッとテーブルの下で拳を握る。

「初花、同い年の息子が一緒に住んでるって言ってたじゃん」

「……っ」

「それって、織くんのことなんじゃないの？」

　そう言われて、ゆっくりとめぐちゃんの顔を見る。

　大好きな友達だ。

　黙っているのが苦しい。

　ここまで言われてしまって否定するなんて……。

　そもそもこんな大きな出来事、もう私の中だけじゃ収められないんだ。

　私は、大きく息を吸って。

　意を決して、口を開いた。

「……うん。めぐちゃんの言う通り……私、今、織くんのところにお世話になってる」

「……うっそ」

「……まじか」

　と、驚きを隠せないと言わんばかりの声を漏らしたのは
ちーちゃんとしゅーちゃん。
「ごめんみんな、黙ってて……その、私も突然のことで──」
　勇気を出して打ち明けたけど、めぐちゃんが黙ったまま
なので、やっぱり隠しごとされたことをすごく怒っている
んだと、慌てて弁解しようとした瞬間だった。
「ほっらね──!!　私の勘、的中!!」
　え。
　予想していたリアクションとはちょっと違ってたので、
顔を上げてきょとんとしてしまう。
　めぐちゃんは、さっき私を尋問しようと構えていた姿か
ら打って変わって、今は『シャッ!』なんてガッツポーズ
をしている。
　……なんで、めぐちゃんそんなに楽しそうなの。
　てっきり、もっと深刻な空気になるかと……。
「あの、めぐちゃん、怒らないの?」
「怒る?　なんで?」
　なんでって……。
　めぐちゃんの聞き方、威圧感ハンパなかったし……。
「だって、私、あの織くんと住んでること、みんなに黙っ
てたんだよ?　織くんファン失格じゃない!?」
「いや、逆だよ。初花」
　と、めぐちゃんの隣にいたちーちゃんが言う。
　ぎゃ、逆??
「あんたえらいんだよ、初花!」

　めぐちゃんは席から少し立ち上がると、私の肩を掴んでそう言った。

　え、えらい??

　何を急に褒められているのかさっぱりで首を傾げる。

「普通だったらさ『今、織くんと一番近くにいるのは私でーす！』って自慢したくてたまらないだろうよ」

「そうそう！　初花そういう匂わせみたいなのも全然なかったし、むしろ今日も付き合ってるんじゃないか説が出ても頑なに否定してたでしょ。だから、私としゅーは、めぐの勘は信じてなかったぐらいだし」

　と斜め向かいに座るちーちゃんが前のめりで言う。

「てか、私はまだ半信半疑だよ。だってあの柳瀬織の家に友達が住んでるって!!」

「朱音、あんたどっかにペラペラしゃべんないでよ？」

「バッ、めぐ私のことなんだと思ってるわけ～？　絶対言いませんから～～！」

　めぐちゃんとしゅーちゃんのやりとりに、心が落ち着いていく。

　自分が思っていたよりも、この秘密を絶対バレないようにしなきゃって、自分ひとりで気負いすぎていたことに気づいた。

　それから、私はあらためて、3人に織くんのうちにお世話になるまでの経緯を話した。

　織くんの家だということはほんとに全然知らなかったということ。

　織くんは、思ったよりも天然でそしてすごく優しいということ。

　3人とも、もっとないの？ほかには？とどんどんエピソードを求めてくるから。

　織くんの部屋着のこととか、織くんの寝起きのこととか。

　寝顔はいつも私ばっかり見せてしまっているから、それに関しては話せることがなかったのだけど。

　そして話はさらにヒートアップしていって。

　昨日、織くんとスーパーまで買い物に行ったことや、肉まんを半分こした話をした。

「無理……織くん、どんだけ王子様なのっ」

「織くん過剰摂取で死にそう」

「まじ？　本当だったら泣くんだけど。それ、初花の妄想じゃなくて？」

「なっ、失礼な!!」

「もう妄想でもいいわ。ちょ、まじこの話タダで聞いてるの意味わからない。金を払わせろ金をっ！」

　なんてみんなテーブルにうなだれて言いたい放題。

　まぁ、数日前の私を見てるみたいなんだけど。

「あ、あと！　とっておきのが1個ある！」

　なんて調子に乗った私は、カバンから1冊のノートを取り出す。

　織くんにステーキを描いて欲しいとねだられたときは、みんなに見られたらどうすんの！なんて言ってたのに。

「ななになに、もうこれ以上は本当に死ぬぞ」

　としゅーちゃんが隣で目を覆いながら騒いでいるのもおかまいなしに、私はあのページをテーブルの真ん中にバンッと開いてみせる。

「みて、このらくがきの隣！　織くんが、私の名前書いてくれたのっ!!」

　と私史上最大のドヤ顔して。

「ちょ、ま、まて、なに!?　織くんの直筆だとぉ!?」

「ななな、なんでそんなシチュエーションになるのっ！」

「まって、織くん、めちゃくちゃ字きれ……泣いた……水くれ、水……興奮で喉からっからなんですけど!!」

　と大興奮のみんな。

　発するワードが全体的に気持ち悪くてちょっと引く。

　見せたのは私なんだけど。

「でかした、初花。でかした。いいか、皆の者。この話はここだけの秘密だ。一切他言することは許されない。もし、この掟を破ったものがいたなら、即!!　死刑!!」

「「押っ忍!!」」

　と、しゅーちゃん、ちーちゃんの大きな返事。

　これぞ織くん信者である。

　みんなが存分に織くんの直筆を楽しんだあと、ノートを片付けて。

　ちょっとクールダウン、と言ってちーちゃんが追加でいちごパフェを注文した。

「……ええ、まじか、今実感してる。初花、本当に織くんと一緒に住んでるんだね……」

「……うん、ごめんまじで私なんかが」

「え、どした急に。さっきまで一緒に盛り上がっていたのに」

　と笑いながらめぐちゃんがツッコむ。

「……いやぁ、盛り上がったからこそだよ。後に冷静になるというか……みんなだから話したけど、こんなの学校でバレたら私、確実に終わりだよね」

「まぁ、織くんファン多いからね〜」

　めぐちゃんがそう呟いたタイミングで、ちーちゃんが注文したパフェが運ばれてきて、みんなでつついて食べる。

「……みんなは、嫌じゃないの？　私が織くんちにいるの。その……ずるい、とか」

「いやまあ少しはいいなーとは思うけどさー。ずるいっていうのはないよ。だって織くんちに同居が決まったのは初花が意図的に仕組んだことじゃないでしょ。運命だよ」

「そうそう。逆に、こんな貴重（きちょう）な話聞けて私らすごいラッキーだよ!!」

「ちーちゃん、しゅーちゃん……」

　ふたりの言葉に泣きそうになる。

　と同時に、少しでも3人からよく思われないんじゃないかと心配していた自分を恥ずかしく思う。

「うん。それに、初花だから、織くん、肉まん半分こしたのかもしれないじゃん」

「え……どゆこと？」

　めぐちゃんのセリフに聞き返す。

「ステーキの絵、織くん喜んでくれてたんでしょ？」

「……うん、多分」

「そういう喜んでもらえる要素、私らにはないもん。……真面目に授業聞いてるし？」

「なっ」

　なにか良いこと言ってくれる雰囲気バシバシだと思ってたのに!!

　油断した!!　調子乗るとダメだ!!

「ははっ!　だね。それに、初花が美味しそうにご飯食べるのもすごいわかる。お腹いっぱいでも初花が食べてるの見たら食べたくなるもん」

「え、そう？」

　ちーちゃんの言葉に、すぐに口元が緩む。

「うん。初花にも魅力があるからこそ、織くんちゃんと初花とコミュニケーションとってくれるんだと思うよ。だから、私なんかがとか思わず!!」

　なんだかんだめぐちゃんも嬉しい言葉をくれるから、好きが溢れちゃう。

「そうそう!　チャンスだよチャンス!　もしかしたら本当に推しと、織くんと、付き合えるかもしれないんだから!」

「いや、ちょ、しゅーちゃん、話が飛躍しすぎです……ていうか、みんなは織くんに彼女できていいわけ？　それが私とか……」

　ありえない話なんだけどさ。

「え、なんでダメなの!?　推しの彼女が友達とか!　自慢

以外のなにものでもないじゃん！　てかもう一緒に住んだら好きになっちゃわない!?」

　と意外にもめぐちゃんがノリノリでびっくりしちゃう。

　いやでも。

「ハハッ。ないない。織くんは推しだもん。恋愛感情とかじゃないから」

　あんな苦しいもの、もう誰にも向けたくないんだもん。

　推しにはなおさら。

　それに……。

「織くん、好きな子いるって言ってたし」

「は」

「へ」

「な」

　私のひと言で、3人が同時に固まった。

　めぐちゃんたちは、織くんに好きな人がいるという話を聞いて、最初はものすごくショックを受けていたけど。

　いちごパフェを食べ終わる頃には、

「推しの幸せが私らのいちばんの幸せだ」

「全力で推しの幸せを応援できるファンになるわ！」

　と力強く公言するまでになっていた。

　それからは、あの織くんが好きになる人っていったいどんな人なんだろうってみんなで話しながら、いろんな想像を膨らませたりして。

　ほっこりした気持ちになりながら家路に向かって柳瀬家

が見えてきた頃には、あたりはすっかり薄暗くなっていた。

　家に着いて玄関のドアを開ければ、愛菜さんが明るい声
で「おかえりなさいっ」と出迎えてくれて。

　ダイニングに向かうと、クリームシチューのいい匂いが
した。

　ぐぅぅ～～。

　っ!?

　う。恥ずかしい……。

　あれだけ食べたのにまだお腹空いてるとか……。

　胃に穴でも空いているんじゃないか。

「すみませんっ!!」

　恥ずかしさでとっさに謝れば、愛菜さんはフフッと笑っ
てくれて。

「謝らないの～!　育ち盛りだもの。作りがいがあるわ。
すぐ準備できるから、荷物置いてらっしゃいっ」

　うぅ。なんて優しいんだ愛菜さん。

「は、はいっ!!　ありがとございますっ」

　元気よく返事をして、急いで自室に向かった。

　美味しいクリームシチューを3人で食べ終わったあと。

　ゆっくりとお風呂に浸かる。

「はぁ……」

　なんだか、めぐちゃんたちに同居のことを打ち明けられ
てすごくすっきりしている自分がいる。

　嫌な顔せずに聞いてくれたし。

　最終的には、みんなが織くんの恋を応援するって言って

くれたのも嬉しくて。

彼女たちが友達で良かったとあらためて思った。

めぐちゃんたちは絶対に言いふらすことないだろうし。

あっ……。

『言いふらす』

そんなワードが脳内に浮かんで、今朝のことを思い出す。

そういえば……あのこと、まだ、織くんに謝罪していない。

私がここにお世話になっているせいで付き合っているなんて噂が広まってしまったんだ。

そんなこと、嘘でも、織くんの好きな人の耳に入るのは嫌だっただろうし。

それに、織くんがちゃんと否定してくれたことですぐに騒ぎが収まってくれた。

そうだ。ゆったりとお風呂に入っている場合じゃない!!

バシャンと勢いよく湯船から上がって、急いで身体を流してからお風呂から出た。

いつもは洗面所にあるドライヤーで髪を乾かしてから部屋に戻っているけれど。

そんな悠長なことをしている場合ではない。

今すぐ織くんにありがとうとごめんなさいを伝えなきゃって、頭はそれでいっぱいで。

タオルで髪の毛の水気を軽く拭き取って肩にタオルをかけたまま。

慌てて織くんの部屋と私の部屋がある2階へと直行し

た。
　――コンコンッ。
「お、織くんっ！　お、お風呂、空きました」
　この家に来て数日。
　日常生活はだいぶ慣れてきたけれど、織くんと話すのは
まだ少し緊張する。
　当然だ。
　ずっと遠くから見ていた、光り輝く推しなのだから。
　ノックして声をかけて数秒。
　っ!?
　すぐに扉が開けられて、ひょこっと織くんが顔を出した。
　四六時中カッコよすぎるその顔に、癖のように一瞬息が
止まってしまう。
「うん。ありがとう白井さん」
　お風呂が終わったら、次に入る人に声をかけるのは当然
のことなのに。
　わざわざそんな些細（さ さい）なことにもお礼を言う織くんに、さ
らにキュンとしてしまう。
　織くんに「ありがとう」と言われるなら、私はずっと、
織くんのお風呂タイムが来たらドアをノックするよ。
　顔だけじゃない、性格も王子さますぎるから、織くんっ
てハマったら抜け出せない。
　一緒に住んでみてさらにときめいてしょうがない。
「いえとんでもない…………あ！　それとっ」
　織くんの、ありがとうスマイルパワーで記憶が飛びかけ

て、危うく伝えそびれるところだった。

　着替えを準備するため部屋の中に戻ろうとしたはずの織くんが「ん？」とわざわざ部屋の外に出てきてくれる。

　私とちゃんと話そうとしてくれるその態度が嬉しすぎて、泣いてしまいそう。

「あの、ごめんね。今朝の噂……」

「なんで白井さんが謝るの？　俺たちから直接聞いたわけじゃないのに憶測で噂流した人が悪いでしょ？」

「……いや、まぁ、そうなんだけど……でも」

　私みたいなのと噂なんてされたら、シンプルに迷惑だろうし……。

　そう思っていた次の瞬間、織くんがいきなり、私の髪の毛束をすくった。

「っ、へっ、お、織、くん!?」

「そんなことよりも。白井さん、ちゃんとすぐ髪の毛乾かさないと、風邪ひいちゃうよ」

　織くんはそう言って、私の肩にかかっていたタオルをフワッと頭に乗せてから優しく拭いて乾かしてくれる。

　なななな、な、な、なんて状況なんだ!!

　推しに髪の毛を乾かしてもらうなんて!!

　もう一生髪の毛洗えないじゃないか!!

「あああ、あの、織くん、ちょっと」

　控えめに言って心肺停止案件です!!

「それ言うために、白井さん、わざわざ急いで上がってきたの？」

「へ……」

どうして、急いで来たことがバレているんだろうか。

呼吸はちゃんと整えて織くんの部屋のドアをノックしたつもりだ。

もしかして、無意識に鼻息荒かったとか!?

「階段、早くのぼる音聞こえたから」

「えっ、ま、マジですか」

恥ずかしすぎる。

足音デカすぎて聞こえていたとか。

「うん。にぎやかでかわいかった」

となぜか嬉しそうににっこり微笑む織くん。

かわいいの使い方、ほんと間違ってるよ。

「ほんっとうに、ごめんなさいっ!! 怪獣かよってね!! 以後気をつけますっ!! けど、その、朝のこと考えていたらいてもたってもいられなくて。織くん、好きな人いるから、その人にあの噂が聞かれちゃったかもしれないと思ったら申し訳なくて……」

と私の口がベラベラと早口で話していると、織くんの手が止まったので顔を上げる。

うわっ、この角度から見てもイケメンとかもう意味がわからない。

「……押してダメなら引いてみろってよく言うでしょ?」

「え」

ふたたび私の頭の上で織くんの手が優しく動く。

「白井さんと俺が付き合っているって噂が出た方が、彼女

も、少しは俺のこと気にしてくれるかなって」

「……あ、ああ！　なるほど！」

　さすが織くん！！！！

　頭のいい人はやっぱり考えることが違う！

　よく言うもんね。

　今まで近くにいて言い寄って来ていた異性が、突然、自分とは違う人と距離が縮んでいるの見ると意識してしまうとか。

　そしてそのまま自分の気持ちに気づいて、恋に発展とか。

「まぁ、白井さんは俺と関わりあること学校の人たちに隠したいみたいだから、クラスの人に聞かれて否定したんだけど」

「はっ、そっか、す、すみません。……いやでも、うん、すごく助かった。織くんが否定したの聞いてみんなすぐ信じてくれたから。織くんの、押してダメなら引いてみろ作戦に協力できなかったのは、申し訳なかったです」

　目線を落としてそう謝ると、私の頭の上で動いていた織くんの手がまた止まった。

「……どうすれば、俺のこと、男としてちゃんと意識してくれるんだろうね」

　あぁ、織くん……。

　そんなに悩むぐらい好きなんだね。その人のこと。

　この織くんを悩ませるなんて、罪な女だよまったく。

　彼女も、こんな世界レベルのイケメンがこんなに好意を寄せているんだから早く気付けばいいのに。

　気付きさえすれば、織くんとあっという間に恋人同士になるだろう。

　ん〜〜。意識……か。

「もう織くん、この際告白したらどう！　そもそもその子、織くんが自分のこと好きだなんて思っていないんじゃないかな。もっと、アピールしなきゃ！」

　同じ学校の子、ということであれば、相手も一般人。

　この国宝級イケメンに好かれているかもなんて、普通に生活していたら思わないかも。

「アピール……」

「うん！　織くんみたいなパーフェクトスーパーボーイが自分を好きだなんて、女の子にとっては夢のまた夢みたいな話だし、ちゃんと織くんの口から織くんの気持ちを──」

「…………好き」

「っ」

　っ!?

　へっ……。

　織くんが紡いだ声に驚きすぎて顔を上げれば、バチッと、視線がぶつかって。

　そのキャラメル色の瞳に全てを持っていかれそうになる。

　普段聞くよりも少し低くて掠れた声に、ドクンと心臓が飛び上がった。

　織くん、今……。

「……あの、織く──わっ！」

　沈黙のまま見つめ合っているのが耐えられなくて名前を呼んだ瞬間、いきなりバフッとタオルで視界を塞がれた。

「……今のは、その、練習」

　で、ですよねええ――――!!

　いやいやいや、もちろん本気にしてないよ!!

　大丈夫、ちゃんとわかっているよ織くん、安心して!!

「や、うん!!　練習!!　そりゃそう!!　……あの、織くん、だからタオルっ」

「ん……まだ……ダメ」

「えっ」

　ひぇ〜〜!!　なんで〜〜!!

　これ以上、織くんの手が例えタオル越しでも私の頭に触れていると思うと蒸発してしまう。

「顔……今すごく熱いから」

「なっ」

　その子に『好き』って言うの想像しただけで、そんなことになるの織くん!!

　かわいすぎるって……。

「あの、織くん、……ちょっと見たいです」

　思わず口走ったセリフに私自身びっくりする。

　織くんといることに慣れて、もっとって欲しがりになる自分が怖い。

「……白井さん、イジワルだ」

「だって!!　今、目の前に推しのスーパースペシャルレアカードがあるんだと思うと」

「俺、ゲームじゃないよ」

　フッと笑って返されて。

「はい。ごめんなさい」

　すぐに謝れば、織くんは「ちゃんと乾かして寝るんだよ」
と私の頭を優しく撫でてから、顔を見せないように部屋へ
と戻っていった。

推しとふたりで外に出かけます

「え！　愛菜さん、明後日誕生日なの？」

「うん」

　織くんちにお世話になって早くも2週間が経ち柳瀬家での生活にも慣れてきた頃。

　学校から帰ってきて、織くんとふたりでおやつのシュークリームを食べていると、織くんから、愛菜さんの誕生日が明後日の9月25日であることを教えてもらった。

「だから、その日の午前中にプレゼント買いに行こうかと思ってて。もし白井さん予定ないなら一緒に──」

「い、行きたいっ!!」

　と前のめりになって食い気味に答えると、「良かった。選ぶの手伝って欲しくて」

　と織くんが柔らかく笑う。

　あぁ……相変わらず、王子さますぎるよ本当に……。

　張り切って答えたけど。どうしよう。

　織くんとお出かけするのが決まってしまった。

　……何着ていこう。

　外で織くんと並んで歩いても違和感のない服なんて、私持っているの？

　というか、そもそも顔面とかスタイルが……。

　なんて心の中で心配しだしたらキリがないなか、織くんと、明後日の計画について話をした。

やってきた愛菜さんの誕生日当日。

朝早くに仕事に出た愛菜さんを、織くんとふたりで見送って。

そのあと出かける準備をしていたら、あっという間に出発予定の時間になった。

「あ〜織くん！　ほんとにごめんなさいっ！　10分も過ぎちゃって！」

バタバタと急いで階段をかけ降りて、リビングのソファに座っていた織くんの前で頭を下げる。

『下で待ってるね』

私より先に支度を済ませた織くんにそう言われてから数十分。

髪型や服装に迷っていたら、いつの間にか予定の11時を過ぎてしまって。

あの織くんの隣を歩くのだから、いつも以上に身なりに気をつけなきゃとあれこれ考えていたらこのザマである。

そんなことを考えていたせいで織くんを待たすことになって迷惑をかけてしまっては意味がない。

なのに、織くんは嫌な顔ひとつせずに微笑んでくれるから。

またときめきレベルが上がってしまう。

「全然大丈夫。白井さん、何食べたい？　お昼、外で食べてから買い物にしよっか」

「はっ、うんっ!!」

そう返事をした私を、織くんがじっと見つめてきて。

「……髪、かわいい」

「っ」

　いつものストレートヘアとは違って、緩く巻いてハーフアップにした髪を織くんがすぐに褒めてくれるから。

　お世辞と分かっていても、この端正な顔面に『かわいい』なんて言われちゃ、私の単純な口元はすぐに緩んでしまう。

「織くんの恥にならないように、と思いまして……今日はその、恐れ多くも、休日に隣を歩くわけですし」

「なにそれ。白井さんは普段からかわいいのに」

　あぁ、ダメだ。

　織くんの『かわいい』にはアルコールでも入っているんじゃないかってぐらい、油断するとクラッと酔ってしまいそうになる。

　まぁ、お酒なんて飲んだことないから酔っ払う感覚なんて知らないんだけど。

「スカートもいいね」

「……っ、あ、ありがとう」

　白のゆったりとしたＴシャツにライトグレーのフレアロングスカート。

　シンプルな格好だけど、普段パンツスタイルが多い私にしては、結構女の子らしくしたつもり。

　コーデ自体にはちょっと自信があるから、素直にお礼を言うけれど。

　やっぱりいざ織くんに面と向かって褒められると、照れてしょうがない。

わかってる。

織くんが私に向ける甘い言葉は全部、好きな人への予行演習みたいなもの。

絶対に勘違いしちゃいけないのだ。

「え、ケーキ食べないの？」

「うん。小さい頃は食べてたんだけど。母さんただでさえ仕事で疲れてるだろうから、そういうので負担かけるの申し訳なくて。小5の時だったかな、俺の方から来年はもうケーキいいよって言ったんだ」

「そうなんだ……」

この間みたいに学校の人に目撃されるのを避けるため、学校からかなり離れたショッピングモールに向けて電車で30分。

モールの中にあるイタリアンのお店でパスタを食べながら話す。

織くんと愛菜さんはお互いの誕生日にプレゼントをわたすみたいだけど、ケーキを食べたりはしないらしい。

うちはママとふたりで互いの誕生日にケーキを食べるのが恒例だったから、食べないと聞いた時はちょっとびっくりしてしまったけど。

事情を聞いて、納得する。

優しいな……織くん。

愛菜さんが大変だってこと、小学生の頃から察して気遣えるなんて。

「でも、今考えたら、俺のためにやってくれてたことをあんな風に終わらせてしまったの、悪いことしたなって思ってて。……ちょっと、後悔してるかな」

　力なく笑った後の織くんの表情があまりに哀(かな)しそうで、胸がギュッと締め付けられる。

「……なんて、ごめんねこんな話。白井さんは──」

「織くんっ！」

　私は、持っていたフォークを置いて織くんの声を遮(さえぎ)った。

「ん？」

「織くんは、甘いもの、好きですか！」

「うん。好きだけど」

　よし。

「よかった！　じゃあ、プレゼントの買い物が終わったら、私と一緒に、愛菜さんのバースデーケーキ、作らない!?」

　そう言うと、織くんが目を開いた。

　今日くらい、ちょっと盛大にやってもいいんじゃないかって思うから。

　織くんが少し後悔しているのなら尚更(なおさら)。

「手作りってこと？」

「うん。私も愛菜さんにはお世話になりっぱなしだし、なにかしたいなって。お部屋もかわいく飾(かざ)ったりしてさ！」

　勢いでそう言ってしまったけど、大丈夫だろうか。

　織くんは、こういうイベントごと苦手なタイプかもしれないし、なんて、そんな心配があとからよぎって。

「あ、でも、全然！　織くんがそういうのあんまり……っ

て言うんなら、その」

「やりたいっ」

　織くんが、瞳をあんまりキラキラさせながら言うから、トクンと胸が鳴って。

　その表情……反則すぎるよ。

　お昼を食べ終わってから、織くんと一緒にあちこちお店を見て回って。

　愛菜さんが喜んでくれそうなプレゼントを探す。

　織くん、今までは女性向けのプレゼントをひとりで買うのが恥ずかしくて、かわいらしいものを手に取ることがなかったみたいで。

　そんな織くんが愛菜さんにプレゼントするのは紅茶やコーヒーのギフトセットが多かったと、決まり悪そうに話してくれた。

　織くんがそんなことを気にしていたっていうのがかわいらしくて、またまた織くんの推しポイントが増えてしまって困る。

「……だから、今年は、白井さんの力を借りてもう少し頑張ってみようかと」

「いや、今までのプレゼントも愛菜さん絶対嬉しかったに決まってるよ!!」

　私なら、織くんからもらえるなら、石でも苔でも嬉しい。

「ん。ありがとう」

　そう言った織くんの手がおもむろに伸びてきたかと思えば、私の頭をポンと優しく撫でるので。

「なっ」

　またも心臓がドキドキと速く音を立てた。

　さりげないボディータッチが多いよ。

　相手が私じゃなかったら勘違いしてるんだからね!!

　２時間後。

「素敵なもの見つかってよかったね!!　愛菜さんぜっったい喜んでくれるよ!!」

　愛菜さんへのプレゼントも無事に見つかり、ショッピングモールを出て電車に乗って、私たちは自宅の最寄駅から降りた。

「うん。白井さんのおかげだよ。ほんとにありがとう。こういうのずっとあげたかったんだけどひとりでレジに並ぶ勇気なくて。すごく助かった」

　そう言って、愛菜さんへのプレゼントを大事そうに見つめる織くんの顔があまりにも優しくて。

　少しでも織くんの力になれて良かったと嬉しくなる。

　パーティー用の飾り付けのグッズやケーキの材料も買い終えて。

　これから織くんとふたりで準備するんだと思うと、想像するだけで頬が緩む。

　織くんと話しながら、あと５分ほどで家につく……そんな時だった。

　ポタ、ポタッ、と、足元のアスファルトに雨粒が落ちてきて。

　え。

　顔を上げて空を見れば、さっきまで晴れていたはずの空に、雨雲が広がっていた。

　こ、これは……。

　今日、雨降るなんて聞いてないよ……。

　スマホのお天気アプリでは今日1日晴れだったのに!!

「白井さん、急ごう!」

　織くんの声に頷いて、小走りで柳瀬家に向かおうとした瞬間。

　急に雨脚が強まって。

　ええええ!!　嘘でしょ!!

　家の玄関に着いたときには、私も織くんも着ていた服の色が変わるぐらい濡れていた。

「……織くんっ、プレゼント大丈夫?」

「うん。こっちは全然大丈夫。袋二重にしてたから」

「はっ、そっか……よかった」

「それよりも白井さん、早く乾かさなきゃ」

「や、私は全然……えっ、あっ」

　慌てた織くんに突然手を引かれながら、リビングへと向かった。

　ちょ!!　織くん!!　手っ!!

「……あの、織くん」

　リビングのソファに座りながら、私はまたも織くんに髪の毛を乾かしてもらっている状況。

　……この間も、こういうことあった。

「ん？」

　後ろから、いつもより近くで耳に響く織くんの声に胸が鳴る。

「えと、なんだか、しょっちゅう織くんに髪の毛を乾かしてもらってる気がして……申し訳ないというか、なんというか」

「白井さんの髪、乾かすの好きだから。お風呂終わり毎日、俺の部屋に来てもらってもいいよ」

「はっ!?」

　思わず顔をグリンッと織くんの方に向ければ、ククッと笑った彼が「冗談」なんていう。

　いや、冗談なのは知ってるよ。

　それを織くんに言葉にされるだけでやばいんだよ！

「私ばっかりこうしてもらっているのは悪いので!!　私も織くんの髪を──」

　身体ごと織くんに向けてそう言いかけて、続きのセリフを飲み込んだ。

　いくらなんでも、私が織くんの髪に触れるとか、そんな軽率な行動していいわけがないじゃないか。

　身の程をわきまえてくれたまえ、白井。

「ん？　白井さん、俺の髪乾かしてくれるんじゃないの？」

　彼の方を向いたまま一時停止してる私を織くんが不思議そうに見る。

「……へっ、あっ、やっ、と思ったんですけど、この神聖なサラサラヘアに私が触れるのはいかがなものかと……」

　タオル越しだとはいえ、織くんの髪に触れるなんて、それこそお金を払わないといけないんじゃないか。

「……いいよ」

「えっ」

「白井さんに、乾かして欲しい」

　濡れ髪織くん。

　よく見たら、いつもより色気増し増しで。

　水も滴るなんとやら。

　……カッコいいよぉ。

　織くんは、私の手首を優しく掴むと、その手を頭に乗ったタオルの上に置いた。

　うわぁ……。

　織くんの髪に触れちゃってるよ、私……。

　これは……もうやるしかないじゃない!!

「し、し、失礼しますっ」

「ふっ、お願いします」

　織くんの髪は私に比べると短いから、乾くのが断然速くて。

　みるみるうちにサラサラになっていく。

「……あぁ、直に触りたい」

「ん?」

　はっ!!

　嘘!! やだ!! しまった!!

　私、今、完全に心の声が出てた!!

「あっ、やっ! その、今のは、あの」

　と大焦りしていたら織くんがスルッとタオルを頭から取った。

　その仕草さえいちいち色っぽくて。

「……触る？」

「え!?　……い、い、いいの？」

　驚いて声を出せば、織くんがコクンと頷く。

　まじですか!?

　本当にいいんですかね!!

　めぐちゃんたちともよく、織くんのあのサラサラヘアに一度でいいから触れてみたいね、なんて話していたこともあった。

　まさか……こうやって本人から直々に許可をもらって触れられる日が来るなんて。

　中学の頃に幼なじみの広夢に振られて、自分のことを世界で一番不幸な女だと思っていたこともあったけれど。

　今は自分のことを、世界で一番幸せ者だと感じてしまう。

　恐る恐る、織くんの髪にふたたび手を伸ばして触れる。

「うわ～!!　本当にすんごいサラッサラ……」

　見た目以上に細くて柔らかくて。

　織くんちにお世話になっている私も、同じシャンプーを使っているはずなのに。

　こんなにも違うのか……。

　やっぱり生まれ持ったものってすごい。

「……白井さんだって」

「へっ……」

　一瞬伏せた織くんの目が、こちらを向いて上目遣いで
じっと見つめてくる。

　今まで以上に織くんと距離が近いと気づいた時には、彼
の手が私の髪に触れていて。

「白井さんの髪だって、すごく綺麗だよ」

「……っ」

　さっきまで雨に打たれて冷えていたはずの体が一気に熱
くなる。

　あぁ……心臓がうるさい。

　織くんは天然で、異常に優しいからそういうことを言っ
てしまう、わかっている。

　わかっているのにドキドキしてしまうのはきっと、織く
んのこの完璧な顔面のせいだよね。

「白井さん、顔赤い」

「おおお織くんのせいだよ……」

「うん」

　うんって……罪な男だよまったく!!

　あーだめだだめだ!!

　このまま織くんのペースに呑まれたままだと後戻りでき
なくなってしまう!!

「はっ!　織くんっ!　早く準備しなきゃ!　愛菜さん
帰ってきちゃう!」

　慌てて身体を離そうとした瞬間。

「あ、白井さん、ちょっと待って」

　織くんが私の手首を優しく掴んだ。

「これ」

　そう言って織くんが私に差し出したのは、愛菜さんにあげるプレゼントが入った袋とは別の袋から取り出した箱。

　そこにプリントされていたのは、かわいらしい丸みを帯びたマグカップの取手の上に、野鳥シマエナガの小さいフィギュアが載っている写真。

　ええぇ──！　なんですかこれ!!

　超絶かわいい……！

「織くん、これって……」

「この前ステーキ描いてもらった時、白井さんのシャープペンにシマエナガついてたから、好きなのかと思って」

　たしかに、私の今お気に入りのシャープペンはノック部分にシマエナガが付いているけど！

　それに気付いて覚えててくれていたとか、泣いちゃうよ私。

「うん、すっごく大好き……って、え!?　これ、もしかして、私に!?」

「うん。白井さん専用のマグカップ、うちになかったから」

「なっ……」

　嘘でしょ……。

　織くんから……マグカップのプレゼントなんて。

　なんでこんなことが起きてしまうんだ。

　推しが、私にプレゼントをくれるって！

「……はっ、無理、嬉しすぎて心臓止まりそう……っていうか今ちょっと止まってます」

とその場で崩れるように両膝と両手を床につく。

「それは困るな。今から、俺ひとりで全部準備するの？」

「え！　そんなこと、させませんっ！」

「ふはっ、よかった」

　なんて、またフワッと笑ってくれちゃうんだからね！

　本当にもう、この推しは！

　というか織くん……私の扱い方わかってきてる？

　さてはこの子、天然というか、あざといの方だな？

　好き！　どっちでも好き！

「よーしっ!!　織くん!!　愛菜さんをうんと喜ばせる誕生日会にするよ!!　エイエイオー！」

「おーっ」

　そう一緒に言ってくれる織くんがかわいすぎてまた頭を抱えそうになりながら。

　私は、織くんからもらったばかりのマグカップにお茶を注いで、ふたりで誕生日会の準備に取り掛かった。

「へー……ロールケーキってホットケーキミックスで作れるんだね」

「うん、そうなのっ。何回かママと作ったことあって」

　キッチンに織くんとふたりで立って、愛菜さんへのバースデーケーキ作りに取り掛かる。

　推しが隣にいながらの料理。

　すこぶる緊張してしまうなぁ!!

　すごく本格的なケーキってほどのものじゃないけれど。

　それでも、今の私が愛菜さんにできることを。

　日頃の感謝が少しでも伝わったらいいな。

　まずは、美味しくできることを祈って。

　織くんにも色々と手伝ってもらいながら、なんとか、ロールケーキの生地をオーブンで焼くところまででき。

　焼いている間に、ふたりでロールケーキに使ういちごの準備をする。

　ケーキの上に乗せる用とホイップクリームと一緒に中に入れる用。

　いちごのヘタを取ったり、カットしたりしていると。

　あっ!!

　織くんがいちごを口に入れる仕草が視界の端で見えてしまった。

「織くん!!　今つまみ食いした!!」

「味見だよ？　うん。ちゃんと美味しい」

「そりゃ、いちごは美味しいよ！」

　ずるいなぁ……。

　私だって、美味しそう美味しそうと思いながら、食べるの我慢していたのに。

「はい、白井さんも」

「へっ……」

　織くんが、ヘタを取ったばかりのいちごを口の前に持ってきて。

「口開けて」

　なんて言うから。

とっさに言われた通り、口を開けると。

織くんの手の中にあったいちごが私の口の中に運ばれた。

「ん！　美味しい！」

って、どさくさにまぎれて織くんに"あーん"してもらっちゃってるし!!

「うん。これで、白井さんも共犯だね？」

「なっ」

しかも『共犯』って。

圧倒的みんなの王子さまである織くんにはあまりにも似つかわしくないちょっと悪いワードに、ドキッと胸が鳴る。

「共犯って言葉が似合わなすぎます、織くん」

「似合わない？」

「うん。織くんは、ザ・王子さま！　だから！」

「王子さま、ね……」

織くんは小さく呟いて私の方に体を向けたと思えば、いきなり、私の首筋に手を伸ばして指でなぞるようにそこに触れてきた。

「ちょ、お、織くん!?」

なにしているんですか！

そしてちょっぴり不服そうな顔。

なんで……そんな顔するのですか。

「……っ」

触れられているところがくすぐったくて、顔が歪む。

「……白井さんは、俺のこと美化しすぎ」

「えっ」

　いや、美化って‼

　だって織くんは、美しい以外のなにものでもないではないか‼

　そう、反論しようとした瞬間。

　目の前に影が落ちてきて。

　とても一瞬のことだった。

　フワッと、織くんの匂いが鼻を掠めて、耳元に彼の吐息がかかる。

　そして――。

　チクッと耳に軽い痛みが走った。

「っ、いっ」

　なっ、なんだこれはっ……。

　織くんが私から離れた瞬間、とっさに耳を押さえながら呆然（ぼうぜん）と彼を見上げる。

　織くん……今、なにしたの。

「こういうことしちゃうし。けっこう悪いと思うよ、俺」

　王子さまからはかけ離れてる、なんて笑うけど。

　全然、笑いごとじゃないよ……。

　私は今、身体中が沸騰（ふっとう）してしまいそうなほどあっつあつだ。

「いや……白井さんがそうさせる、っていうのが正解かな」

　さっき、私は織くんに耳を噛（か）まれてしまったんだと、じわじわと実感して。

　身体は固まったまま声が出ない。

　あの織くんが……耳を噛んだ。

　しかも、私の!!　耳を!!

　私がそうさせるって言われても、全然意味がわからない
よ……。

「ちゃんと雄だよ、俺。だからもう少し警戒心持ったほう
がいい」

　お、雄って……。警戒心って……。

　──ピーッピーッ。

　織くんと見つめ合ったまま言葉が出てこないでいると、
タイミングよくオーブンから音がして。

　生地が焼けたことを知らせてくれた。

「あ、できたみたい」

　織くんが、まるで何事もなかったかのように平然とした
声でそう言って目線をオーブンの方に向けるから。

　私も、頬の熱が冷めないまま、オーブンの前へと立った。

　あれから数時間後。

　織くんにされたことや発言が脳内でぐるぐるしていたけ
れど、時間は刻々と過ぎていき。

　準備がすっかり終わる頃には、完全にこのサプライズを
成功させるぞってことで頭がいっぱいになっていた。

　織くんと一緒に無事にバースデーケーキを完成させるこ
とができ、部屋の飾りつけもばっちり。

　夜7時すぎ。

　ガチャと玄関の扉が開く音がした。

「織くん、愛菜さん来たっ」

「うん」

　私たちは小声で話して、用意していたクラッカーを手に持つ。

　スリッパを履いて歩く愛菜さんのパタパタという足音がだんだん大きくなって。

　私と織くんは目を合わせて頷く。

　そして————。

「……ただい————」

「「お誕生日おめでとう〜!!」」

　リビングに愛菜さんが見えた瞬間、大きな声でそう言って。

　パンッ————。

　パンッ————。

　織くんと一緒にクラッカーを鳴らした。

「……えっ……!!!!」

　クラッカーから飛び出した紙テープが舞う中、愛菜さんが口元を押さえて目を丸くしている。

　何事だと、愛菜さんが部屋中を見渡して。

「びっくりしたっ、……これ……全部、ふたりだけで?」

　ダイニングとリビングに飾られたバルーンや輪飾りを見て愛菜さんが呟く。

「はい!　織くんから、今日、愛菜さん誕生日だって聞いたので。日頃の感謝も込めて!」

「え〜〜そんなっ!　ちょっと待って〜〜うそ〜〜!」

　愛菜さんがそう言いながら涙ぐむので、こっちまで目頭が熱くなってしまう。

「白井さんが提案してくれたんだ。ケーキも白井さんの手作り」

「あ、織くんと一緒に！」

　織くんが目線をダイニングテーブルに移すと、愛菜さんがさらに「えっ!?」と驚いた声を出しながら視線の先を辿って。

　その瞳が私たちが作ったいちごの乗ったロールケーキを捉えると。

　とうとう、愛菜さんの目からポロポロと涙が落ちてしまった。

「初花ちゃんっ」

　っ!?

　涙を流した愛菜さんが手を伸ばして、私と織くんを引き寄せてそのまま抱きしめた。

「ありがとうっ、本当に。すっごく嬉しい」

「いえっ」

　愛菜さんの腕の中がすごく温かくて安心する。

　今、ママとは離ればなれだけど、寂しくないのは確実に愛菜さんのおかげでもある。

　喜んでもらえたみたいで本当によかった。

「早く食べよう。ご飯も用意できてるから」

　私たちを抱きしめたまま、愛菜さんがなかなか動かないから、織くんが声を出して席に座るように促す。

「はっ、そうね！　って……ご飯まで!?」

　夕食も、織くんと一緒にハヤシライスを作ったんだ。

　愛菜さんは「まぁ！」と目を見開いて、また溢れる涙を何度も拭いながら、「幸せすぎる」なんて笑ってくれた。

　3人でご飯を食べ終わって、手作りケーキを食べながら。

　愛菜さんが何度も、美味しい美味しいと褒めてくれたのでホッとした。

　今度はふたりで女子会も兼ねてお菓子作りをしようって提案してくれたりして。

　想像しただけで楽しくてしょうがない。

　そして、いよいよ、織くんが愛菜さんにプレゼントを渡す時間。

「……母さん、これ」

　なんだか、織くんがいつもより幼く見えて。

　ちょっと緊張しているようにも見えて、私までドキドキしちゃう。

「え、こんなに盛大にお祝いしてもらったのに！　まだあるの？」

「うん。白井さんが一緒に選んでくれたんだ」

　織くんがそう言いながらプレゼントの入った紙袋を愛菜さんに渡した。

「わ〜〜。もう十分もらってしまってるのにっ！　……開けてもいい？」

　そう聞かれて、コクンと頷く織くんがかわいくて。

　愛菜さんがワクワクした表情で袋を開け、取り出した薄

ピンクの箱を見て目を輝かせる。

　リップバームとハンドクリーム。

　桃色のハンカチ。

　３つがセットになった人気コスメのギフトボックス。

「わっ、かっわいい――!!」

　と目をキラキラと輝かせる愛菜さんがかわいくてしょう
がない。

　かわいいコスメは、いくつになっても女性の憧れだと思
う。

　特に、愛菜さんはこういうピンクを基調としたデザイン
がよく似合うし。

　これは、大成功ということでいいかな？

「織くん、本当は、もっと前から愛菜さんにこういうかわ
いらしいものあげたかったらしいんですけど。でも、ひと
りで買うのはちょっと恥ずかしかったみたいで」

　私がそう説明すると、織くんが一瞬うつむいて。

　その拍子で揺れた髪の隙間から赤くなった耳が見えて、
たちまち私をときめかせる。

　か、かわいいって……。

　照れてる織くん、かわいすぎるって!!

「毎年、地味なものばっかりで……」

「織……全然そんなことないわよ。お母さん、織からもらっ
ていた紅茶、１日の楽しみに飲んでいたんだから。そして
これも、すっごく嬉しい。織が、お母さんの好みちゃんと
知ってくれてたんだってこともあらためて知ることができ

て。本当にありがとう」

　すごく嬉しそうに微笑んだ愛菜さんにそう言われて、織くんの顔がやっと明るいものになる。

「こちらこそ。いつもありがとう。母さん」

　その横顔があまりにも美しくて。

　袋を片そうとした愛菜さんが、中にもうひとつ何かあることに気付いて「ん？」と首を傾げながら中身を取り出す。

「あら、これは……」

「あ、それは、私からです！」

「まぁっ……!!」

　溶けたらお湯が星空みたいに見えるというおしゃれな入浴剤。

　いつも仕事を頑張っている愛菜さんに、少しでも癒しをプレゼントしたくて。

「私も、たくさんお世話になっているので。ここに来て2週間。お世話になったのが、愛菜さんのところで、柳瀬家でよかったって、すっごく思っていて。あらためて、本当にいつもありがとうございます！　愛菜さんのこと、大好きです！　へへっ」

「初花ちゃん……」

　私の名前を呟いた愛菜さんがまた泣き出してしまった。

「ごめんなさいっ、初花ちゃん……」

「えっ？」

　なにを謝られているのか分からなくてぽかんとしていると、愛菜さんが涙をティッシュで拭いながら、ゆっくり話

し出した。

「最初は、初花ちゃんにずっと申し訳なくて」

「へ……」

　申し訳ない？

　突然お世話になることになったのは私の方だから、申し訳ないと思うのは私の方なんだけど……。

「明子さんの出張、後押ししたのは私なのよ。明子さん、最初は全然乗り気じゃなくて。上司にもすぐに断るつもりで」

「……え、そうだったんですか？」

　愛菜さんからまさかの話を聞いて少し驚いてしまう。

「うん。でも私が、こんなチャンス二度とないかもしれないんだからって。もし初花ちゃんが許すのなら、私が預かるからって。……初花ちゃんの気持ち考えずに。私、勝手にふたりを引き離すようなこと……だから、本当はずっと罪悪感で苦しくて。なのに、初花ちゃん優しいから……私のためにここまでしてくれて、大好きなんて言ってくれてっ」

　とふたたび愛菜さんの目から涙が溢れ出す。

「愛菜さん……」

　まさかずっとそんなことを考えていたなんて。

　そりゃ、いきなり出張の話を聞かされた時は正直戸惑ったけれど……。

　愛菜さんが私たちを引き離したっていうのは絶対に違う。

「優しいのは愛菜さんの方ですよ」

　そんな私の声に、愛菜さんが顔を上げる。

「ママだって、行きたかったから行ったんです。愛菜さんが、ママの気持ちに寄り添ってくれて、私の面倒を見てもいいって言ってくれたことも。言葉はかけられてもこうして行動に起こすってすごく大変なことだと思います。よく知らない子供を住まわせるなんて。だからすっごく感謝していますっ」

　女手ひとつで私のこと育ててくれてたママに、きっといろんなこと我慢させていたと思う。

　だから今回、ママのしたいことをこういう形で応援できていることもそれに愛菜さんが協力してくれたことも、私は嬉しいんだ。

「確かに最初は、ママと離れて本当に大丈夫かなって不安でいっぱいだったけど、愛菜さんの優しさとか、すんごく美味しいご飯とか、素敵な笑顔とか、そういうのにたくさん触れて、お世話になったのが柳瀬家でよかったって心の底から思っています。私、めちゃくちゃ幸せ者です！」

　そう言うと、愛菜さんが目をうるうるさせたまま私の手を握る。

「っ、もう、なんていい子なのっ、初花ちゃんっ!!」

「いい子なんてそんな！　全然です！　それに、なんといっても、推しである大好きな織くんとこうしてお近づきになれちゃってるわけですから!!」

　愛菜さんに今までの感謝の気持ちを伝えて感情が昂って

るままで、つい『推し』とか『お近づき』とか余計なこと
まで言ってしまった、と後悔していると。

「初花ちゃんがお嫁に来てくれたら、私すっごく嬉しいん
だけどな〜」

　なんて、愛菜さんが爆弾発言をした。

「な、何言ってるんですか愛菜さん！　いくら冗談でも！
言っていいことと悪いことが！」

　織くんには好きな人がいるんだし、そういうのはジョー
クでも迷惑だよ！

「あら、わりと本気よ？　私。ね、織」

　と、織くんに話を振る愛菜さんだけど、いやぁ、織くん
絶対怒っているだろうに……。

　恐る恐る織くんの顔を横目で確認すると。

「……そういうの、やめて」

　織くんが、私の方から顔を背けてそう言った。

　ほら！　愛菜さん！

　織くん怒っちゃったじゃん！

　私、織くんに嫌われたく──。

「白井さんが、困るから」

　え。うそ。

　織くん、なんでそんなに、耳が真っ赤なの。

　愛菜さんへのサプライズバースデーパーティーを無事に
終えることができ。

　愛菜さんが早速、私がプレゼントした入浴剤を使うと、

ルンルンでお風呂に入っているあいだ。

　ほわほわとほっこりした気持ちでお皿を洗う。

　楽しかったな……。

　毎日が、好きな人の誕生日ならいいのにと思えるぐらい、素敵な日だった。

　愛菜さんともさらに仲が深まったと思うし。

「白井さん、今日は何から何までほんとにありがとう」

　愛菜さんの喜んでいた顔を思い出していると、お皿をさげに来た織くんにそうお礼を言われる。

　こうやって、織くんが隣に立つことにも、だいぶ慣れてきたかも。まだちょっとドキドキはするけれど。

　慣れたら慣れたでそれは怖い。

　推しに慣れるとか。あってはいけないぞ。

「私は何も！　私が勝手に色々提案したのに、織くん全部いっしょにやってくれたし。こちらこそありがとう！　愛菜さん、喜んでくれて本当によかったねっ」

「うん」

　と織くんに柔らかく笑いかけられれば、私の頬も自然とゆるゆるになってしまう。

「ふふっ。……ほんとすっごく楽しかったな～！　今度は織くんの誕生日だよね！　もちろん把握済みでございますよ！　２月10日！　……あ、でも２月だと私もうここにいないのか……どうしよう」

　スポンジとお皿を持ったまま瞳を上に動かして考える。

　柳瀬家にいることが当たり前になってきて、織くんの誕

生日も今日みたいに祝うつもりだったよ、危ない危ない。

　私がここにお世話になるのは３ヶ月。

　12月半(なか)ばまでだ。

　私が考えていると、隣にいたはずの織くんがフッと、消えて。

　かと思えば、後ろからやわらかな温もりに包まれた。

　え。

「いいよ。ずっといてよ、白井さん。３ヶ月だけとは言わず」

「なっ……」

　え。え。え。え。

　ちょっと待ってくれ。

　これって……。

　まさか、私、織くんに抱きしめられてる!?

　私の腰からお腹に巻きついているのは正真正銘、織くんの腕で。

　な、なんてことだ。

「あのっ、織くんっ、愛菜さん来ちゃうよっ!?　……っ、ていうか、なんで!!」

　愛菜さんはさっきお風呂に入ったばかりだからあと２、30分は出てこないだろう。

　なのに、とっさに出てきた言葉がそれだった。

　いやだって！

　もし仮に愛菜さんが早く出てきて見られちゃったらどうすんの！　織くん！

「……いいんじゃない。見られても。母さん、俺と白井さ

んがそういうことになるの望んでるみたいだし」

「いやっ」

　いやいやいやいやいや!!

　なんで!!　ダメじゃん!!

　織くんはそれを望んでいないじゃないか!!

　好きな子いるんだから!!

「……ありがとうの、ハグだよ。だからそんなに嫌がらないで」

「い、嫌がっては!!」

　びっくりしてるんだよ!!

　織くんにそう言われては、身をよじることもできなくて１ミリも動けまいと固まる。

　なんでこんなことするの織くん……。

　あぁ、さっき、ありがとうのハグだって言ってたか……。

　すごいアメリカンスタイルなんだね、織くん。

　そういえば、初めてこのうちで織くんと会った時も、『口塞ぐ』『チューする』なんて言われたっけ……。

　あぁ、今思い返すと、織くんってそういうハレンチなことサラッと言っちゃったりしちゃうタイプなのかも。

　危ない……。

　だから天然って怖い。

　その絵画のような美しい顔と爽やかさのせいで全然気付かなかった。

　でも、ありがとうのハグってことは、それ以外の気持ちはないハグというわけで。

そりゃそうなんだけど!!

うるさい心臓を少しでも落ち着かせようと必死に自分に言い聞かせる。

ありがとうのハグ、ありがとうのハグ。

わかってはいるけど、推しに抱き締められる状況、もう全然理解が出来なくて意識が飛んでしまいそう。

「……白井さんのおかげで、母さんにちゃんと思ってること伝えられた。喜ぶ顔が見られた。本当にありがとう」

いつもより低い声が吐息混じりに耳に届く。

少しくすぐったいけれど心地良くて。

もう……そんな風に優しく言われちゃったら、なんでもいいなんて思ってしまうよ。

「私こそ、いつもありがとう、織くん」

腰に巻きついた彼の腕。

そのシャツの袖をぎゅっと握って。

もうちょっとだけ、この温もりに触れていたい、なんて欲張りなことを思ってしまった。

☆
☆
☆
☆
Chapter 3

推しとの休日は映画鑑賞会です

「……ええ、織くん……これってホラー、だよね？」

「んーどうだろう」

　と明らかに笑みを含んだ声で言うから。

　織くん、ワルい！

　愛菜さんの誕生日会を無事に終えた翌日の日曜日。

　私は今、織くんとふたり、リビングのソファの正面にあるテレビ画面をじっと見ている。

　織くんが前から気になっていた映画が動画配信サービスで見られるようになったらしくて。

　昨日の手作りケーキやお菓子が余っているので、それを消費しながら映画鑑賞でもしようということになったのだ。

　愛菜さんは、お友達が１日遅れで誕生日をお祝いしたいと言ってくれたと、今は外に食事に出かけている。

　なので今、私と織くんは広い柳瀬家でふたりきり。

　この方が雰囲気出るから、と言ってリビングのカーテンを閉めた織くんだけど……。

　ホラー映画を薄暗い部屋で見るって絶対やったらダメなやつだから!!

　織くんが準備してくれたふわふわのブランケットに身を包みながら、クッションを抱きしめて。

　不穏なＢＧＭが流れ出し、慌てて目を隠す。

「え——絶対怖いやつじゃんこれっ!」

「白井さん、苦手?」

　隣に座る織くんが優しく聞いてくる。

「苦手っていうか、……ムカつく……」

「ふはっ、なにそれ。怖いんでしょ?」

「いや、怖くは……」

　本当は怖い。すこぶる。

　でも、認めたら製作者の思うツボなので、負けた気がして嫌なのだ。

　いや、言われなくてもわかっている。

　自分でもよくわからないプライド。

「っ、わー!　今なんかいた!　絶対いたっ!」

「いたね……」

　んもう!!

　織くんなんでそんなに冷静なの!!

　こっちはいつ漏らしてもおかしくないんだからね!!

　お昼ご飯を食べ終わってから、織くんに「一緒に映画観ない?　リビングでだけど」って誘われた時は、嬉しくて嬉しくて。

　高速で映画のお供を準備してソファに座ったのに。

　ちゃんと、織くんから昨日もらったシマエナガのマグカップに紅茶を注いでもらったりなんかして。

　しかし、織くんが再生した映画は、昨年、めちゃくちゃ良くできていて怖いと話題になっていたホラー映画で。

　ホラーが苦手な私は、予告編でさえ視界にいれないよう

に避けてきたのに。

　始まって数分。

　今更、怖いものは苦手だから見ない！とリビングを出ることはできなくて。

　ホラー映画だとわかってしまった以上、ひとりで部屋になんかいられない。

　ソファから一歩も動けない身体になってしまった。

　ていうか……。

　織くんがホラー好きなんて初めて知ったよ。

「織くんは、こういうの平気なの？」

「うん。でも、ちゃんと怖いよ。それよりもこんな怖いこと考えられる人がすごいなって思う。おもしろい」

「は、はあ……」

　そんなことに感心する心の余裕は私には全くないよ。

　すごい。

「あとは、吊り橋効果……的な」

「えっ、吊り橋？」

「あ、ほら、白井さん、病院入るよ」

「えっ、わっ、もういいよ〜なんでこういうところにわざわざ入ろうとするかな！　バッカだよ本当にっ！　ああもうああもう……！」

　織くんの話の続きを聞こうと思ったのに、映画にそれを阻止された。

　息をのんで薄目で映画を観る。

　ええん、ほんと嫌だ……。

　でも織くんが隣にいるのはすごく嬉しくて。

　幸せなはずなのに……。

「……わっ、ちょっと待って。なんか、ひとり多くない？」

「……うん。エレベーター降りた瞬間からそうだよ」

「わあああ織くん気付いてたの!?　うそうそうそ待って無理っ」

　クッションを抱きかかえたまま、思わず織くんの腕にしがみついてしまう。

「……はっ、ごご、ごめん、なさいっ!!」

　とっさに謝って織くんから離れようとした瞬間。

　離そうとした手を織くんが掴んだ。

「いいよ。終わるまでこうしてよ」

「えっ……」

　織くんの手が、ゆっくりと私の手のひらに重なって。

　そのまま私の指と織くんの指が絡む。

　へっ!?

「あの、織くん、これはっ」

　いわゆる、恋人つなぎというやつだ。

　こんな時にするなんて。

　あまりにもずるい。

「……ごめんね、意地悪して。白井さんの怖がってる顔見たくて誘ったっていうのも少しあって。本当にダメだったら止めるから」

　そんな……しゅんとした表情で言われても!!

　私の怖がる顔が見たかった、なんて。

　そんなこと言われてキュンとしてる私も私だし!!

「いや!　全然大丈夫っ!　けど!　その!　手がっ!」

「こうしたら、ちょっとは怖くなくなるかなって」

「怖くなくなるというか、織くんのことしか考えられなくなるというか」

　ホラーも織くんもどっちも心臓に悪くて、おかしくなっちゃいそうだよ……。

「……うん。いいね」

　いや、いいねって……!!　なにが!!

　あれからなんとか無事、ホラー映画を最後まで観ることができ。

　怖がり疲れてソファにうなだれながら、紅茶を一気飲みする。

　こういうおしゃれな飲み物は少しずつ飲むから品があっていいのに……。

　ダメだこりゃ。

　でも……正直……。

「……楽しかった」

「え、そう?」

　驚いたような声を出した織くんの方を向いて口を開く。

「うん。今までずっとホラーって苦手と思って避けてたんだけど。小さい頃に見たのがすごくトラウマで。あ、でも、今回のは、内容がしっかりしてたからか……登場人物の掛け合いとか笑えるところもあったし。はっ、あとは、織くんがそばにいてくれたからかも。怖かったのに、見終わっ

たあと、ちょっと爽やかというか！」

　自分の中の新しい感情に戸惑いながらも嬉しくなる。

　苦手と思っていたものを克服できて、しかも楽しめたときの喜び。

　なんかこういう感覚、少し前にも味わったことがある気がする。

　なんだったかは忘れたけれど。

「よかった。じゃあ今度は映画館で一緒に観よう」

「それは無理です！　あんな巨大スクリーンで絶対無理です！　織くんイジワルっ!!」

「ふはっ、冗談だよ。今度は白井さんが観たいもの観よう」

「えっ、いいの？」

　織くんからの提案に、すぐに気分が良くなる。

　ちょろすぎるぜ私。

　でも、いいのかな。

　私が観たいものに織くんを付き合わせるなんて。

「白井さんがどんなもの好きなのか知りたい」

　まるで私の気持ちが読めたみたいにそう言う織くんにキュンと胸が鳴る。

　私は織くんのお言葉に甘えて、配信されている中で自分が気になっている作品を探した。

「あっ、これ……」

　目に止まったのは、恋愛ものの邦画。

　たしかしゅーちゃんが観てめちゃくちゃ良いって話していたやつだ。

「ん？　これ気になる？」

「うん。友達が面白かったって言ってて」

「そっか。じゃあこれにしよ」

　織くんがそう言って、さっそく再生ボタンを押した。

　ううっ。ま、まずい……。

　実にまずい。

　本日２本目の映画が始まって20分弱。

　ただいま画面の中では、学生時代にいい雰囲気だったふたりが、大人になって飲み会で偶然の再会をして、帰りに男の人の家でふたりで飲み直している。

　酔った女の人が彼の手に触れた瞬間、ＢＧＭが止まり。

　ふたりの視線が絡む。

　これはその……。確実に……。

　さらにヒーローとヒロインの距離が縮んで。

　もう、あと数ミリで唇が重なりそうな距離。

　いやいや別にこういうシーンを見慣れていないわけじゃないけど!!

　私の隣にはあの織くんがいるんだ。

　こういう甘いシーンを見せるのも申し訳ないし、ていうかシンプルに気まずくて!!

『んっ……あっ』

『ちょっと、変な声出さないでよ』

『だって、東野くんがっ』

『宗也、でしょ？』

　ヒロインの耳元でそう呟いた彼が、彼女の唇を塞いだ。

　高校生にもなってこんなキスシーンごときで恥ずかしがってちゃダメなのはわかっているけれど。

　女友達と見ててもこれはちょっと気まずいって……。

　チラッと横目で織くんを確認しても、じっと画面を見ているだけ。

　織くんはこういうの見ても、なんとも思わないんだろうか。

　嫌じゃないかな？

　しかもなんかラブシーン長くない？

　長いよ!!　こんなに長いなんて聞いてない!!

　映画の中、早く朝になってくれ!!

　と、そんな私の願いは虚しく、ふたりはゆっくりとキスを重ねながらベッドに横になりだした。

　まじですか！　まじですか！

　しゅーちゃん！　私はあなたを恨みます！

　どこが楽しいのこれ！

　楽しいじゃなくていやらしいの間違いじゃないか！

　どんどん激しい触れ合いになっていくふたり。

　ヒーローが彼女の服に手をかける。

　なんでこんなシーン織くんとふたりきりで見なきゃいけないのー!!

　甘すぎるラブシーンに耐えられなくて目線を画面からそらしてふたたび織くんを見た瞬間。

　バチッと目が合ってしまった。

画面の向こうでは、女の人が甘い声を漏らし続けている。

『もっと』とか『イヤ』とか。

どっちだよ、なんて内心ツッコミたくなる。

……もう、限界だっ!!

私は、織くんの前に置かれていたテレビのリモコンを手にとって、テレビの電源を消した。

「…………」

「…………」

あんなシーンをなんとも思わずに人と見るなんて、今の私には難易度が高すぎる。

「白井さん……どうしたの?」

「いや、そのっ……」

画面が真っ暗になり、女の人の甘ったるい声が聞こえなくなったのは良いものの、あんなシーンで消したら明らかに意識してましたと言っているようなもの。

なんて誤魔化そうかと考えれば考えるほど、なぜかさっきの生々しいシーンが脳裏に蘇って、顔に熱が集まる。

「もしかして、今のシーン、恥ずかしかった?」

「……っ、え、やっ、その」

「ああいうの見るの初めて?」

織くんとの距離が少し縮まったような感じがするのは気のせいだろうか。

「……初めてでは、ないけど、人と、見るのはあんまり、慣れてなくて」

「へー、……じゃあひとりで見るってこと?」

「なっ!! そそそういう意味ではなくて!!」

　ひとりで見るけど!!

「意識しちゃったってことだ」

「……っ!?」

　織くんの手が伸びてきて、私の頬に優しく触れる。

　その手が熱を持ってるように感じるのは私の顔が熱いせいなのか、それとも織くんのものなのか。

　もう何が何だかわからない。

　心臓がバクバクうるさくておかしくて。

「……それとも、変な気分になったとか」

「へっ!?」

　彼の整った顔が、さらにこちらに接近してきて。

　頬を親指で優しく撫でられる。

「ちょ、あの、織くん……こ、こういうのはちょっと」

「ん? どういうの?」

　そう聞いてきた口元は片方だけわずかにニッと上がっていて。

　わざと聞いてるんだとわかる。

　織くん……面白がってるよ。

「だ、だから、こんな近いのとか、触ったり、とか」

「白井さんが悪いんじゃん。男とふたりきりの時にそんな顔するんだから」

　っ!?

　お、男って。

　いや、織くんは確かに男だけど!!

　性別という概念（がいねん）を超えた美しさがあるから、あんまりそ
ういう認識はないといいますか。

　めぐちゃんが言ってたように、男っていうのはもっと汗
臭くてうるさくて下品で……。

　その、だから……。

　織くんはそんな輩（やから）と同じ生き物じゃないってことで。

「白井さんよく、俺のこと、推し？だって言ってくれるけど、
さっき見たみたいなこと、俺にされても、同じこと言える
の？」

「えっ」

　何を言っているんだ、織くん。

「白井さんが思ってるよりもずっと、欲まみれだよ、俺」

　よ、欲って。

　そんな涼（すず）しい顔で言われても、まるで説得力がない。

　と、言いたいところだけど、その瞳はいつになく色っぽ
くて、全く逸らそうとしないから。

　どんどん心拍数が上がってしまうなか、目線をこちらか
ら背けて、口を開く。

「仮に、そ、そうだとしても……織くん、好きな子いるん
だから。こういうのは、好きな人にしかしてはいけないと
思います」

　こんなに必要以上に密着したり触れたり。

　恋人同士でもない人たちがそうしてはいけない。

「……俺の目、しっかり見て言ってよ」

「っ」

　いつもより低い色っぽい声でそう言った織くんが、私の顎に指を添えて。

　強引に目を合わせられる。

　あぁ。

　目を見てだと、途端に言えなくなってしまう。

　織くんに触れられることが……イヤじゃないから。

　というか!!　今日の織くん意地悪すぎやしませんか!?

　いや、私の描いたあのステーキを無理やり見ようとしていた時から薄々そんな要素あるとは思っていたけど!!

　ホラー映画は見せるし!!

「白井さんは、俺に触られるの、イヤ?」

「や、イヤとかじゃ、なくて……」

「イヤじゃないならいいでしょ?　好きな子に触れるときの練習。もっとアピールした方がいいってアドバイスくれたの、白井さんだよね?」

「……っ」

「白井さんにしか頼めないよ、こんなこと」

　だっ、その言い方はずるいよ織くん。

　相手が織くんじゃなかったら、とっくに突き飛ばしている。

　でも、目の前にいるのは私の大好きな推し。

　いつだって私は織くんのいちファンとして彼の幸せを強く願っている。

　私みたいななんの取り柄もない人間が、少しでも織くんの役に立てるのなら、私にできることならなんでもした

いって思うよ。

　そりゃあ、利用されることさえありがたい。

　１年の頃からずっと遠くから眺めていた、憧れの人なんだもん。

　推しからこんなにお願いされるなんて、人生でそうあることじゃない!!

　現時点でお互いに恋人がいるわけじゃない。うん。

　だから、この触れ合いが浮気になるわけでもない。

　そう考えると、別に悪いことでもなんでもないんじゃ、なんて思ってしまう。

　私が練習台になって、織くんの役に立つのなら……。

　私はゆっくりと頷いた。

「わ、わかった……」

「っ……ありがとう。……嬉しい」

　う、嬉しいって。

　たとえ練習台だとわかっていたとしても、私に触れることの許可が出てそんな言い方されたらこっちこそ嬉しくなっちゃうって。

　本当に罪な男だよ織くん!!

「……あ、あ、あの、ただ、私、そういうの、何にも、わかんないから、その、お手柔らかに、お願いしますです」

「……ん」

　小さく返事した織くんが、おもむろにもう片方の手を伸ばして。

　私が頭まで被っていたブランケットを取って、ゆっくり

郵 便 は が き

お手数ですが
切手をおはり
ください。

104-0031

東京都中央区京橋1-3-1
八重洲口大栄ビル7階

スターツ出版（株）書籍編集部
愛読者アンケート係

(フリガナ)
氏　名

住　所　〒

TEL　　　　　　　　　　　　携帯／PHS

E-Mailアドレス

年齢　　　　　　　　　　　　性別

職業
1. 学生（小・中・高・大学(院)・専門学校）　　2. 会社員・公務員
3. 会社・団体役員　　4. パート・アルバイト　　5. 自営業
6. 自由業（　　　　　　　　　　　　　　　　）　7. 主婦　　8. 無職
9. その他（　　　　　　　　　　　　　　　　　　　　　　　　　　　）

今後、小社から新刊等の各種ご案内やアンケートのお願いをお送りしてもよろしいですか？
1. はい　　2. いいえ　　3. すでに届いている

※お手数ですが裏面もご記入ください。

お客様の情報を統計調査データとして使用するために利用させていただきます。
また頂いた個人情報に弊社からのお知らせをお送りさせて頂く場合があります。
個人情報保護管理責任者:スターツ出版株式会社 販売部 部長
連絡先:TEL 03-6202-0311

愛読者カード

お買い上げいただき、ありがとうございました!
今後の編集の参考にさせていただきますので、
下記の設問にお答えいただければ幸いです。よろしくお願いいたします。

本書のタイトル(　　　　　　　　　　　　　　　　　　　　　　**)**

ご購入の理由は?　　1. 内容に興味がある　2. タイトルにひかれた　3. カバー(装丁)が好き　4. 帯(表紙に巻いてある言葉)にひかれた　5. 本の巻末広告を見て　6. ケータイ小説サイト「野いちご」を見て　7. 友達からの口コミ　8. 雑誌・紹介記事をみて　9. 本でしか読めない番外編や追加エピソードがある　10. 著者のファンだから　11. あらすじを見て　12. その他(　　　　　　　　　　　　　　　　　　　　)

本書を読んだ感想は?　　1. とても満足　2. 満足　3. ふつう　4. 不満

本書の作品をケータイ小説サイト「野いちご」で読んだことがありますか?
1. 読んだ　2. 途中まで読んだ　3. 読んだことがない　4. 「野いちご」を知らない

上の質問で、1または2と答えた人に質問です。「野いちご」で読んだことのある作品を、**本でもご購入された理由は?**　　1. また読み返したいから　2. いつでも読めるように手元においておきたいから　3. カバー(装丁)が良かったから　4. 著者のファンだから　5. その他(　　　　　　　　　　　　　　　　　　　　　　　　　)

1カ月に何冊くらいケータイ小説を本で買いますか?　　1. 1〜2冊買う　2. 3冊以上買う　3. 不定期で時々買う　4. 昔はよく買っていたが今はめったに買わない　5. 今回はじめて買った

本を選ぶときに参考にするものは?　　1. 友達からの口コミ　2. 書店で見て　3. ホームページ　4. 雑誌　5. テレビ　6. その他(　　　　　　　　　　　　　　　　)

スマホ、ケータイは持ってますか?
1. スマホを持っている　2. ガラケーを持っている　3. 持っていない

学校で朝読書の時間はありますか?　　1. ある　2. 今年からなくなった　3. 昔はあった　4. ない

ご意見・ご感想をお聞かせください。

文庫化希望の作品があったら教えて下さい。

学校や生活の中で、興味関心のあること、悩みごとなどあれば、教えてください。

いただいたご意見を本の帯または新聞・雑誌・インターネット等の広告に使用させていただいてもよろしいですか?　　1. よい　2. 匿名ならOK　3. 不可

ご協力、ありがとうございました!

と髪を撫でた。

　彼の手のひらが、滑らせるように私の頬を撫でて。

　人から、しかも男の子からこんなふうに肌を触られるのは初めてで、心臓がバクバクしすぎて壊れそう。

　それに、相手はあの織くんだ。

　もう、思考停止してしまう。

　そんな私におかまいなしに、目の前に影ができたかと思うと、織くんの顔が私の耳元に迫ってきた。

「あっ、ちょっ……」

　首筋を彼の唇がゆっくりなぞるように這うから。

　背筋がゾクッとして体が反射的に動いてしまう。

　なにこれっ。

　織くん、こんなことしちゃうの!?

　これじゃまるで、さっき画面越しに見てたヒーローと同じ──。

『白井さんが思ってるよりもずっと、欲まみれだよ、俺』

　さっきの織くんのセリフを思い出して、さらに心拍数が上がって。

「っ、おっ、織くんっ……くすぐったいっ」

「……気持ちいいの間違いだったりして」

　っ!?

　耳元で吐息混じりに囁かれて、さらに身をよじる。

　無理だ。こんなの。

　織くんの唇が、私の首に、触れている。

　意味がわからない。

　織くんの唇が、手が、触れるたび、体が溶かされていくみたいにどんどん力が抜けていく。

「んんっ！」

　っ!?

　突然、耳にチクッと痛みが走って、勝手に声が出て。

　慌てて自分の口元を手で押さえると。

　私の体はソファに預けられていて、整った顔がこちらを見下ろしていた。

「……白井さんがかわいい声、出すから」

「なっ、べ、別に出してな——」

「ごめん、もうちょっと許して」

　ほんの少し苦しそうにそう言った織くんが、また私の首筋に顔を埋めて。

　今度は、そっと触れるのを繰り返す。

　わずかにその音が耳の奥に届いてさらに私をクラクラさせて。

　もう頭真っ白だ。

　そして——。

「……っ!?　ちょ、織くんっ」

　服の中が一瞬、ひんやりしたかと思えば。

　織くんの骨張った手が私の服の中に侵入していて、その長い指が、触れた。

「んっ、待っ」

　いよいよ、死んでしまう。

　推しが……。

　推しの手が……。

　自分の素肌に触れているなんて。

　今までに味わったことない異常な動悸がおさまらなくて、もう何も考えられなくなってしまいそうなのに。

　泣きそうなのはなんでなんだろう……。

　それに、心のどこかで、このまま最後まで流れに任せてしまうことが、怖いとさえ感じてしまって。

　織くんに触れてもらって嬉しいはずなのに。

　織くんの役に立てるなら、そう思っていたはずなのに。

　織くんが、別の女の子に、こんな風に触れたがっているのかと思うと、胸がギュッと掴まれるように苦しくて。

　あぁ、織くんファン失格だ──。

　そう思って目をギュッと瞑った瞬間だった。

「……もっと、意識してよ」

　耳元で小さくそんなセリフがささやかれたのと同時に服の中の手が、スルリと離れ。

「……おしまい」

　そんな声と一緒に、おでこにキスが落とされた。

「へっ……」

　いきなり織くんが離れて、きょとんとしてしまう。

「ん？　それとももっとして欲しい？」

　優しく微笑みながら聞かれて、ブンブンと首を横に振る。

「こ、これ以上は本当に死ぬところだったから。意識が朦朧として……ははっ……織くんがＡＥＤを持ってくることになってたよ……」

　嘘でも笑ってないと、本格的にどうにかなってしまいそうだから。

「ごめんね。好き勝手触ったりして。……ありがとう。付き合ってくれて」

「いや、全然！　私、役に立ったかな……」

「うん。すごく。……次はやめられそうにないけど」

「えっ？」

「そろそろ母さん帰って来ると思うし。夕飯の準備、しよっか」

　そう言って、私をソファから起こしてくれた織くんは何事もなかったかのようにキッチンへと向かったけど。

　私のこの胸のドキドキは全然おさまってくれなくて。

　それに、……次、って、なに??

男として意識して～織side～

　白井さんを遠くから見ているだけの日々が過ぎていた、高1の秋のある日。

　移動教室後、廊下の角を曲がろうとした寸前。

　偶然、白井さんがクラスの友達と話しているのを聞いてしまった。

『初花は、柳瀬くん、だっけ？』

『え！　いやいや！　私のは恋愛じゃないから！　推し！　目の保養！　織くんは推し！　恋愛対象では断じてない！』

　そんなセリフに、ショックを受けた。

　恋愛対象では、ない。

　喉の奥が痛くてしょうがなくて。

『まぁ、織くん、告白されても誰とも付き合わないっていうしね～』

『うん。織くんってみんなのものだし、ああいうキラキラしてる人を学校で毎日見られるだけで、十分モチベーションになる。それ以上は求めない！』

　俺はもっと近づきたくて話したくてしょうがないのに。

『まぁね、でもわかる。柳瀬くんってみんなの憧れって感じだもんね』

『そうそう独り占めになんかしちゃいけないのよ彼は！』

　なんて言った白井さんの声に、ひどく胸が締め付けられ

た。

　それから、1年が経ち。

　高校2年の秋。

　母さんから、職場の同期の方が出張するため、その方の娘さんを出張が終わるまでの3ヶ月間、うちで見たいという話をされて。

　その名前を聞いた時の衝撃を今でもよく覚えている。

『白井明子さんっていう方で。娘は初花ちゃんっていうんだけど、織、知ってる?』

『えっ……』

　笑われるかもしれないけど……。

　運命だ、って思った。

　あの日、ハンバーガーを食べながら白井さんたちがしていた話が思い出されて、頭の中で一気に再生された。

　このチャンスを、絶対に逃しちゃいけないって思った。

　この同居をきっかけに、俺を少しでも、"推し"なんてものじゃなくて"異性"として意識してもらえるならって。

　でも……。

　現実はそんなに甘くない。

　同居初日。

　白井さんが寝ながら大切そうに持っていたのは、幼なじみとの写真で。

　ファーストフード店で見かけた時からかなりの年月が経っているつもりだったから、油断していた。

　俺が思ってる以上に、白井さんは幼なじみ、広夢くんの

ことを想っていて。

　肉まんを半分こした時だって、彼のことを思い出していた。

　今までのぬるいやり方じゃ、白井さんは俺を男として意識してくれない。

　それに、白井さん自身が言っていたから。

　『もっとアピールした方がいいよ』って。

　それならお言葉に甘えて。

　たっぷりアピールさせてもらうから。

　もっと俺でいっぱいになって、彼のことなんて忘れてよ。

　俺はいつだってキミを独り占めしたいし、独り占めしたいって、思われたいよ。

　いつか、その柔らかい唇に俺のを重ねることを許されたい。

　そんな気持ちを込めて。

　俺は、彼女のおでこにキスをしたんだ。

推しとの同居がバレました

柳瀬家にお世話になって約1ヶ月が経ち。

秋も深まってきた、10月中旬。

空気が澄んで過ごしやすい季節とは裏腹に、最悪な事態は突然やってきた。

登校時、いつものように大通りに出てから織くんと距離を離して学校に着くと。

何やらあちこちから人の視線を感じた。

織くんちでお世話になってまだ数日しか経っていなかったときに、私と織くんがふたりきりで出かけていたのが目撃されて、付き合っているんじゃないかと噂されたあの日みたいな。

え、もしかしてまた織くんといるところ見られちゃったとか!?

いや、でも、織くんと外に出かけたのなんて、愛菜さんの誕生日プレゼントを買いに行ったのが最後だし。

最近は、愛菜さんが残業で遅くなって買い物に行かないといけないときも織くんひとりだけ行くようになったし。

身に覚えがまるでない。

もしかしたら私の勘違いかもしれない、うん。そうだ。

そう自分に言い聞かせながら、私は教室へと向かった。

気のせい気のせい、と心の中で唱えながらも、やっぱりすれ違う人がコソコソ何かを話していたり、ジロジロ見て

いる気がして。

　不安になりながら教室のドアに手をかけて開けると。

　「初花っ！」とめぐちゃんが焦ったように私の名前を呼びながらこちらにやってきた。

「あ、めぐちゃん、おはよ——」

「呑気に挨拶してる場合じゃないから！」

「へっ……」

　なぜか一喝されて、ぽかんとする。

　なんでそんなに怒ってるの……。

　おはようって言っただけなのに。

「まさか、初花知らないんじゃ」

　めぐちゃんの後ろから顔を出したちーちゃんが顔を歪めながら言う。

　え。怖い。なにが。

「とにかく、教室出て話そ！」

　しゅーちゃんのその声に教室を見渡せば、みんなこちらに大注目で。

　そして。

『やっぱり付き合ってたってこと？』

『だってふたり揃って家に入ろうとしてるんだよ？』

　そんな声が聞こえてきた。

　え。

　……なんだって？

　めぐちゃんに腕を引かれ階段の踊り場につれていかれ、顔の前にドンと見せられたのはスマホ画面。

そこに映った光景に目を開く。

……え。なに、これ。

そこには、私と織くんが柳瀬家の玄関の前に立っている姿が写っていた。

織くんがドアに手をかけて家に入ろうとしているのがうかがえる。

確かこれは……。

私と織くんが着ている服を見て、先週の土曜日に織くんと一緒に庭の掃除を軽くしたのを思い出す。

これは、その掃除が終わって、家の中に入ろうとしているところだ。

な、なんで、こんな写真がめぐちゃんのスマホの中に入っているんだ。

「あの、これは……」

自分の顔から血の気が引いていくのを感じる。

「これ今、うちの学校の生徒中心にＳＮＳで拡散されてるのよ！」

「えっ!?」

ＳＮＳって、拡散って……なにそれ。

誰がなんのために、こんな写真を。

めぐちゃんの話によると、この写真を載せているアカウントはプロフィール写真も未設定の作られたばかりのもので。

いわゆる"捨て垢"と呼ばれるものらしい。

そのアカウントはうちの学校の生徒を中心にフォローし

ていて、この写真に気付いてもらうために生徒個人にダイレクトメッセージでこの写真を送りつけるなんてこともしていて、そこからどんどん広がって、今に至るみたい。

　こんなの明らかに盗撮で、ただの犯罪じゃないか、と沸々と怒りが込み上げてくる。

「誰がこんなこと……」

「それが、もうこの発信源のアカウントは削除されてて。今は写真だけが出回ってるって感じで」

「そんな……」

　自分の写真を自分の知らないところで知らない人たちが回している……。

　怖すぎて言葉が出てこない。

　織くんとは、愛菜さんの誕生日以降、ふたりで出かけることをやめて徹底していたのに。

　しかも、この撮り方、織くんの家の前でまるで張り込んで狙って撮ったみたいな……。

　やり方が汚いよ。

　お家は織くんがリラックスできるはずのプライベートな空間なのに。

「この写真見た他の織くんファンのほとんどの子がショック受けててさ」

　と、ちーちゃん。

「前に、付き合ってないってふたりからはっきり聞いて安心した後だから余計」

　と、しゅーちゃんが付け足す。

そりゃそうなるよね……。

お家に入ろうとしている姿なんて決定的な証拠が出てきてしまったら言い逃れできないし。

「初花、犯人に心当たりない？」

めぐちゃんに問われ、首を横に振る。

そんなものないよ……。

織くんの家にお世話になっていることを話したのは、めぐちゃんたちの３人だけ。

３人がこんなことするなんてありえないし。

ああどうしよう。私の学校生活が……。

織くんだって、お家の玄関付近という個人情報がネットに流出してしまっているわけで。

私たちを狙う人間の正体がわからないのは怖すぎる。

犯人はこれを撮るために、ずっと織くんをつけたりしていたのだろうか。

じゃなきゃ、こんな写真撮れないよ。

「初花……」

恐怖で震える手を、めぐちゃんがギュッと握って包み込んでくれる。

「初花にはうちらがいるから。他にもどんな些細なことでもいいから何かあったらすぐうちらに話して」

「うぅ、しゅーちゃん……」

しゅーちゃんの言葉に、目の奥が熱くなる。

「とりあえず、この写真のことどう説明するかだよね」

と、ちーちゃんが腕を組んで、んーと考える。

「……みんなに話す前に、1回、織くんと話した方がっ」
「白井さん！」
　突然聞こえた、私の名前を呼ぶ声にめぐちゃんの言葉が遮られる。
　声が聞こえた3階に向かう階段を見上げる。
　ホームルームが始まるまであと5分の教室の外には、今はもうほとんど人がいない。
　そこに響く大好きな声に、癖のように胸がキュンと鳴った。
　いつもよりもだいぶ焦ったような声。
「織くんっ」
「はっ、本物っ！」
　私に続いてしゅーちゃんが心の声を漏らし、めぐちゃんとちーちゃんは揃って口元をおさえて目を見開いたまま階段を下りてくる織くんを見つめている。
「白井さんっ、ごめんっ。大丈夫？」
「えっ」
　なんで。
　どうして織くんが謝るんだ。
　織くんの方が、勝手にネットに家を晒されて怖いはずなのに。
　どうして、私のことを心配してくれるんだ。
「あ、あの、ちょうどふたりで話した方がいいんじゃないかって話してたところなので！　私らいったん教室に戻っ……」
「いや、できれば、白井さんの友達の皆さんもいてくれる

と助かる」

　私と織くんに気を遣ってふたりきりにしてくれようとしためぐちゃんたちを、織くんがそう引き止めた。

「本当のこと、みんなに話そうと思って」

「えっ」

　織くんの突然の提案に固まる。

　本当のことって……。

　私が織くんちに住んでるってことを!?

「けど、それだと白井さん、不安だろうから」

「いや、私は！　全然！　それよりも、織くんの方が……お家とかも晒されて……」

　全然っていうのは、ちょっと嘘だけど。

　でも、今の状況、織くんの方が苦しいに決まって……。

「俺は大丈夫。こういうの慣れてる」

「え、そんな……」

　とめぐちゃんたちも織くんの発言に衝撃を受ける。

　前に、愛菜さんが、織くんは友達が少ないって言ったことがあったけれど。

　もしかして織くん、過去に人間関係で何かあってそれが原因で今まで人と関わらないようにあえて距離を置いていたんじゃないかって勝手に思う。

　こういうことに慣れてるって……似たような経験、したことあるってことなのかなって。

「織くん、こんなものに慣れちゃダメだよ！　怖いじゃん！」

　私がそう言えば、織くんが優しく笑う。

　いつもよりもほんの少し不安げに。

「ん。そうだね。たしかに、今は特に、白井さんに何かあったらと思うとすごく怖い」

「へっ」

　こんな時に、織くんったらキュンとさせることを言うんだもん。

　いや、キュンとしちゃう私がいけないのかな。

　だって、私のことを心配して怖いって……いい人すぎるよ織くん……。

「だから、こんなことになってすごく申し訳ないけれど、白井さんの友達にも協力して欲しくて。俺が白井さんのそばにいられないときは彼女を守って欲しい。白井さんをひとりにしないで欲しい。お願い、してもいいかな」

　織くんがそう言って3人を見つめた瞬間、彼女たちの顔がボッと赤くなった。

　まさか、織くんがそんなことをめぐちゃんたちに言ってくれるなんて……。

「織くん……」

「安心して、おり……柳瀬くん！　それはもちろんだよ。例え柳瀬くんにお願いされなかったとしても全力でうちらが守るから！」

「うん！　大丈夫！　絶対初花をひとりにしないから！　トイレの個室にだって一緒に入るよ！」

「……しゅーちゃん、それはやめて」

と静かにツッコむ。

私のことを守るって言ってくれて、笑顔にさせてくれるのを忘れない彼女たちだから。

好きが溢れてしょうがない。

「ありがとう。さすが、白井さんの友達だね。類は友を呼ぶってこういうことだ。みんな明るくて優しい」

織くんがそう言いながら、私の頭に優しく手を置くから、また心臓がうるさくなって。

こんな大変な状況なのに胸が温かいなんて。

「織くんの頭ぽんぽん‼」

と横からめぐちゃんが大きな声を出した。

「いや、まじそれもなんだけど。え、どうしよう今うちら、織くんに褒められた？」

と、しゅーちゃんがちーちゃんの腕をバシバシ叩く。

彼女たちがいつもと同じ空気感でいてくれるからこそ気持ちが少し落ち着いて。

それから、私と織くんは、教室で今回のことを聞かれたらちゃんと話そうということを決めた。

あれから、それぞれクラスメイトに写真のことを聞かれたら、私の家の都合で3ヶ月、織くんちにお世話になっていることを正直に話すようになり。

それから数日。

「あれ……」

めぐちゃんたちとおしゃべりしながら次の授業の準備を

しようと机の引き出しに手を入れて中を見るけど。

　数学の教科書が見つからない。

「どうした？　初花」

「あ、ううん」

　私の異変に気付いて声をかけてくれたちーちゃんにそう言って、今度は机の横にかけたかばんをとって中を確認するけど、やっぱりない。

　どうしよう……。

　心臓が、バクバクと嫌な音を立てる。

「……初花、もしかして、また教科書無くなった？」

　一部始終を見ていためぐちゃんの鋭い声に、笑顔が引きつる。

『また』

　そう。めぐちゃんが言うように、私の教科書がなくなるのは、今週2回目だ。

　最初は、誰かの仕業(しわざ)なんて思うわけなくて。

　自分の不注意でどこかに忘れて置いてきてしまったんだろうと思っていた。

　だから、あまり深く考えずに先生から予備の教科書を借りて過ごしていて。

　その日から私は、前日の夜と当日の朝、今まで以上に念入りに時間割と持ち物をチェックしていた。

　数学の教科書も、昨日の夜と今日の朝、お家で確実にカバンに入れた記憶があるし、学校に来て引き出しに入れたのもちゃんと覚えているから。

疑惑がどんどん確信へと変わる。

「……誰かがやってんね」

めぐちゃんがいつもより低い声で呟く。

……ですよね。

「私らのクラスの誰かがってことだよね？」

ちーちゃんが睨みつけるような目で教室を見渡す。

恐れていたことが、起こってしまった。

「誰よ、そんなことしたの!!」

「あっ、ちょ、しゅーちゃんいいからっ」

しゅーちゃんが、教室にいる女子グループに向かって大声で言うから、慌てて制すると。

うっ……。

今、あからさまにクラスメイトが目を逸らしてしまった。

関わりたくなさそうな人と、誰がやったのかわかってそうな人。

空気感だけで伝わってしまう。

そうだよね……。

きっと、逆の立場なら、私もそうなっていたかもしれない。

「……ごめんね、みんな」

「は？　何で初花が謝んの？」

「ホントだよ。どう考えても被害者じゃん」

「犯人絶対シメる」

私のことを必死に守ってくれる3人の言葉に目頭が熱くなる。

普段、みんな仲のいい私たちのクラス。

私が織くんのところでお世話になっていることで一部の、いや、ほとんどの女子たちの反感を買ってしまっているせいで。

めぐちゃんたちを巻き込んでしまって、他のグループとギスギスしてしまっているんだから、申し訳ない。

これも、私が平凡すぎるからいけないんだろう。

もう少し華があって、かわいかったら。

今とは状況が違っていたかもしれない、なんて。

それからと言うもの、嫌がらせはどんどんエスカレートしていって。

体操着がなくなったり、筆記用具がなくなったり。

でも、そのたびにめぐちゃんたちが貸してくれたりしてカバーしてくれたから、授業にはほとんど支障がでなくてすごく助けられている。

織くんとの同居がバレたら、学校で目をつけられて生きていけなくなると思っていたけれど。

3人のおかげで、思ったよりも精神的なダメージは少なくて。

あらためて、友達の大切さを痛感した。

「織くんはこのこと知ってるの？」

「ううん。言えるわけないよ」

ここ数日、教室での居心地が悪くて中庭でお昼を食べるようになった私たち。

ちーちゃんが持参してくれたレジャーシートに座って、

話題はやはり私が受けている嫌がらせについてで。

　誰かからよく思われていないっていうのを、こういう間接的なやり方で知るのは正直苦しいし悲しい。

　けど、それでもお腹は減るし、愛菜さんのお弁当は美味しいし、学校でも家でも織くんは安定して国宝級のイケメンだ。

　なにが言いたいかというと、私は想像していたよりも全然平気だということ。

　めぐちゃん、ちーちゃん、しゅーちゃんという最強の友達のおかげでもある。

「まぁ、織くんあんなに優しいと、今回のこと知ったら初花より落ち込みそうだもんね。簡単には言えないわ」

　とめぐちゃん。

「うん。そうなの。織くんには心配かけたくなくて。普段からお世話になりすぎているし」

「んー、そうかもしれないけどさー。犯人見つけて、織くんに直接怒ってもらった方がよくない？　この際」

「いや、でもまず、どうやって犯人見つけるよ」

　と、しゅーちゃんとちーちゃんが話す。

　あぁ……本当はこんなことに貴重な休み時間を使いたくないんだけど。

　みんなとは笑って過ごしたい。

　時間がもったいない。

「あの、みんな、ほんとありがとう……最近こんな話ばっかでごめんっ」

と、お箸を置いて、みんなに謝る。
「え、まじで初花が謝ることじゃなくてさ！」
「いや！　その、できれば、この話は、もう、やめよう！」
　しゅーちゃんの声を遮るように、はっきりとそう言った。
「初花……」
「本当に、みんなが私のことを思ってくれてるのは伝わって、すごくありがたい。でも、私は、みんなと少しでも多くたくさん笑っていたい。ごめん。こんなわがまま」
「初花……」
　と、めぐちゃんの呟く声がする。
　せっかく心配してるのに、なんて思われないか不安でうつむいていると、ポンとちーちゃんが私の肩に手を置いた。
「ううん！　わがままなんかじゃないよ！　初花がそんな風に言ってくれるの、嬉しい！」
「ちーちゃん……」
「うん。初花が言う通り、うちらが落ち込んでいたら相手の思うツボだ！」
「あんなくだらないことやっても無駄だって思わせるぐらい、いつも通りでいなきゃね」
　続けてめぐちゃんとしゅーちゃんもそう言ってくれて。
「みんな……」
　みんなの言葉にじんわり心が温まる。
　そして、あんな幼稚な嫌がらせなんかに、負けてたまるかと強く心に決めた。

　その日の放課後。

「白井さん」

　帰りのショートホームルームが終わってすぐ、教室の後ろのドアの方から名前を呼ばれ。

　その聞き慣れた声に心臓が飛び上がった。

　声のした方に目を向ければ、キラキラオーラ全開の織くんが立っていた。

　ま、眩しい。

　ていうか！　今、私のこと呼んだよね織くん!!

　教室にいるほとんどの生徒が、織くんと私を交互に見ている。

　私のことをこんな風に呼び出すなんて、どうしたんだろうか……。

　織くんがみんなの前でこうして話しかけにきたのは、私のお弁当を届けに来てくれたとき以来初めてだ。

　みんなから大注目の中、ちょこちょこと早歩きで織くんの方へと向かう。

「どうしたの、織くん……」

「一緒に帰りたくて」

　っ!?

　織くんの発言に、教室が一気にざわつき出した。

　な、なんだって!?

　私と織くんの同居がバレてからも、ふたりで登下校することなんてなかった。

　それなのにどうして。

　今、突然、一緒に帰りたいなんて……。

　みんなの前でそんな大胆なことを言われちゃ、そりゃ私の身体中熱くなってしまうわけで……。

「だめ？」

　そう聞かれて、ブンブンと首を横に振る。

「だめじゃない！　一緒に帰らせてください！」

　だめなわけないじゃないか!!

　嬉しいよ!!　泣いちゃうよ!!

　すごく目立ってしまっているけど!!

　織くんと並んで歩けるのなら、たとえ火の中水の中。

　全然へっちゃらだ!!

「よかった。じゃあ行こっか」

「はいっ！」

　私は、興奮するめぐちゃんたちにバイバイしてから、織くんと一緒に昇降口へと向かった。

「ごめんね、突然」

「ううん！　嬉しかった！　ありがとうっ。でも、どうしたの急に」

　織くんと並んで学校の階段を降りる日が来るなんて。

　夢みたいだ。

「……白井さんと、話したくて」

「っ」

　なっ……推しが私と話したいと思っているってどういうことよ……。

　思わせぶりにもほどがある。

　織くんだから許すけど。

　織くんの天然ぶりに頭を抱えながらなんとか靴箱に到着して。

　上履きと靴を履き替えようと靴箱に入った自分の靴に手をかけたと思ったら、スカッと空気だけが触れた。

「えっ……」

　思わず顔を上げて中を見ると。

　うそ……。

　あるはずの私のローファーがない。

「ん？　どうしたの、白井さ──」

「っ、や!!　なんでもっ!!」

　とっくに靴に履き替えた織くんの声がして、とっさに靴箱を隠すような体勢でそう言った。

「ごめん、織くんっ、私、忘れ物思い出し──」

　織くんには嫌がらせのことがバレたくなくて、慌ててごまかそうとしたけれど、ほんの少し目を細めた織くんが、怪しむようにこちらを見ながら、さっき履いたばかりの靴を脱いでこちらに迫ってくるではありませんか。

　なっ!!　近い!!

　織くんの!!　顔がっ!!

「っ、ちょ、織く──」

　グッと詰められた距離に我慢できなくて声が出る。

「こういうの、いつから」

「へっ」

　織くんは私の背後にある靴箱の中をチラッと確認してか

ら、こちらに視線を向けた。

　こういうのいつからって……。

　もしかして織くん……私の靴がないのは、誰かの仕業だと思っている？

「えっと……」

「最近、白井さん、様子おかしかったから。何かあったのかもって思って。だから、今日話聞きたくて一緒に帰ろうって誘ったんだ」

「……っ、そう、だったんだ」

　織くんにはバレないようにって徹底してたつもりだったんだけど……。

　異変に気付かれていたなんて。

　情けないような、ちょっと嬉しいような。

「やっぱり、声かけて正解だった。他にはどんなことされてるの。話してくれない？」

　私の顔を覗き込むように見つめてくる織くんの、心配そうな顔。

　織くんにまでこんな顔をさせてしまって申し訳ない。

「……っや、その、たいしたことはなにも！　小学生みたいなことだよ。教科書なくなったり！　でもほんと、織くんがそんな顔するようなことじゃないからっ」

「たいしたことだよ」

「織くん……」

　私から背けた織くんの顔が悔しそうに歪んで。

　織くんのこんな表情、初めて見た……。

「ごめん、すぐに助けられなくて」

「な、そんな織くんが謝ることじゃないって！　こんなこと織くんにバレたら嫌だなって思ってたし。様子がおかしいのは気付かれてたみたいだけど……でも、めぐちゃんたちもずっと助けてくれてるし。だから、大丈夫！」

　そう言えば、織くんが私の肩に手を置いて。

　っ!?

　ゆっくりとそのまま抱き寄せられた。

「ちょ、あの、織くんっ!!　誰かに見られたらっ」

　なんで突然抱きしめたりなんか!!

「……この際見せつけちゃおうか。俺がちゃんと守れるように」

「なっ」

　なんてことを言い出すんだ。

「……辛い思いさせた。俺がみんなに正直に話そうって言ったから」

　織くんの抱き締める力が強くなって。

　ものすごくドキドキしてしょうがないけど、不思議とそれよりも安心するのはなんでだろう。

　泣きそうになってしまう。

「辛いなんて……今こうやって織くんに抱き締められちゃってるんだから、ラッキーすぎるって思ってるよ私！」

「……っ、ほんと、白井さんのそういうとこが……」

「ん？」

　耳にかかる織くんの呟きに聞き返すと、「ううん」と言っ

た織くんが体を離した。

「一緒に探そう」

「へっ……」

「白井さんの靴」

「や！　いや悪いよ！　織くん今から帰ろうとしていたしっ」

　織くんは私の声を無視して、靴を履きだした。

「白井さんと一緒に帰りたいんだよ。俺、外見てくるから。白井さん校舎の中お願い。何かあったらすぐ電話して」

　織くんはそう言ってあっという間に外に行ってしまった。

『白井さんと一緒に帰りたいんだよ』

　織くんの言葉が何度も頭の中で響く。

「な、なんで……そんなこと……」

　ひとりになった靴箱で呟く。

　って!!

　今はそれを考えている場合じゃなくて。

　織くんが私の靴を探してくれてるんだ!!

　私も全力で探さなきゃ。

　見つかる可能性の方が低い気がするけれど。

　……ゴミ箱に捨てられてたりしたら、見つけようもないし。

　いや、そんなマイナスなこと考えちゃダメだ。

　探してみなきゃ、わからないんだから。

　「よし！」と自分に喝を入れて。

　私も、校内中を回った。

　あれから、30分ほど経っただろうか。

　隠せそうなところを探し回ったけれどやっぱり見つからなくて。

　とぼとぼ歩きながら「はぁ……」とため息をついたとき。

　スカートのポケットに入れていたスマホが震えた。

　画面には織くんの名前が表示されていて、すぐに通話ボタンをタップして耳にスマホを当てた。

『白井さん、見つかったよ』

　織くんが画面の向こうでそう言ったのが聞こえた。

　すぐに早足でさっきいた昇降口へと戻る。

　まさか、織くんが見つけてくれるなんて。

「織くんっ」

「あってるかな？　白井さんので」

　昇降口に着くと、織くんがローファーを手に持っていて。

　中の側面には私の字で『U.S』とイニシャルが入っていたので確実に私のもの。

「うん、私のっ!!　ありがとう織くん……見つからないって思ってたから……びっくりっ」

　ていうか!!

「ああというかそれよりも！　織くんにこんなものを持たせてしまって！　ごめんなさいっ！」

　慌てて謝りながら、織くんの手からサッとローファーを受け取った。

「……ほんっとにありがとう！　これで無事に帰れます！」

「うん。よかった」

「でも織くんよく見つけてくれたね。どこにあったの？」

　そう聞くと、なぜか織くんが一瞬だけ目を逸らした。

「……体育館の、靴箱に」

「えっ、あ、そうなんだ！　織くん、体育館まで探しに行ってくれたんだね……ありがとうほんと」

「ううん。見つかってよかった」

　と織くんが安心したように言うけれど、まだその表情は曇ったまま。

　織くんにこんな悲しそうな顔させたままなのは嫌だよ……。

「それにしても、あんなとこまで行ってわざわざ隠すなんて、犯人は１周回って私のこと大好きなのかもしれないっ！　なんてね！」

「白井さん……」

　冗談を言って笑って見せても、織くんの反応はイマイチ。

　そんな表情をしてもイケメンなことには変わりないのだけど。

「それにこの靴！　織くんに見つけてもらえるなんて幸せ者すぎるよ！　世界一幸せ者の靴だね！　あと500年は履き続ける！　絶対！」

「……500年って、……ふはっ」

　あ……。

　織くんがやっと笑ってくれた。

　力が抜けたように織くんが吹き出したのを見て、ホッと

する。

「よかった……」

　と思わず心の声が漏れて。

「え？」

「あ、えっと、織くんがやっと笑ってくれたから」

　私がそういうと、織くんが目を開いた。

「めぐちゃんたちにも話したんだけどね。大切な人には、私のこんなことで悲しそうな顔して欲しくなくて……だからっ」

「白井さん」

　織くんが優しく私を呼んで、話しだす。

「俺も白井さんに対して同じこと思ってるよ。……だから、無理して笑わないで欲しい」

「え」

「白井さんが苦しんでいたら、俺にだけは共有して欲しい。全部ひとりでかかえるよりも苦しさが少しは減ると思うから。白井さんが友達に対してそう思っているのはすごく素敵なことだし、白井さんのそんなところを尊敬してるけど、俺には悲しさも分けて欲しい。……みんなが知らない白井さんの顔、俺にだけ見せてよ」

「っ、織くん……」

「だから、今までされたことぜんぶ、話して。俺はずっと白井さんの味方だから」

　そう言って私の頭に置かれた織くんの手があまりにも温かくて。

　その拍子に、じわっと涙が溢れて。

　私は少しの間、織くんの胸を借りて泣いた。

　ちょっと前の私なら、推しの服を自分の涙で濡らすなんてことできるはずもなかったのに。

　それから帰り道で織くんに、今まで私がどんな嫌がらせにあったか具体的なことを話して。

　家に着く頃には、胸がすごくスッキリしていた。

　私にはたくさんの味方がいる。

　推しが味方なんてだいぶ贅沢な世界だ。

　あらためてそれを実感できて。

　夕食を食べ終わり、ゆっくりとお風呂に浸かりながら、今日1日起きたことを考える。

　ていうか……。

　私、織くんにめちゃくちゃ触れすぎていたよね!?

　今更ながら実感して、お風呂で温まっている体がさらに熱くなる。

　さっきは織くんのおかげで、色々溜まっていたものを涙と一緒に吐き出すことができて、そのことで頭いっぱいになっていたけど。

　織くんに2回も抱きしめられてしまったんだ。

　恐ろしい……。

　織くんにあんなことされたのにも関わらず自分のことでいっぱいいっぱいになっていた自分が。

　でもあれも、織くんにとっては好きな人にスマートに触れるための練習にすぎないんだろうか。なんて……。

そりゃそうに決まっている。

それ以外に何があるっていうんだ。

それにしても……織くんの腕の中、温かかったな……。

それに……織くんの心臓の音。

めちゃくちゃ速くなっていた気がする。

トクントクントクンって。

　織くんでも、緊張しちゃうのかってちょっと嬉しくなったりして。

　推しの腕の中なんて興奮して落ち着けなくなるはずなのに、不思議とそんなことなくて。

　むしろ安心感がすごかった。

　この気持ちはいったい……。

推しの過去を教えてください

翌日。

学校に入ることにちょっぴり緊張しながらいつものように教室に向かう階段を上っていたら、フワッと甘ったるい匂いが鼻先に触れて。

「あれ？　白井さん」

そんな声が、横から聞こえた。

振り向くと、思わぬ人物が口角を片方上げてニヤつきながら立っていた。

え。なんで、彼女が私に声をかけてくるんだろうか。

そこにいたのは、同じ学年の吉村愛莉さん。

去年から織くんに何回か告白しているという、学年で1、2を争う美少女だ。

後ろには吉村さんのふたりの取り巻き。

「あの……」

全然話したこともなければ接点もない人たち。

そんな彼女たちに話しかけられた理由が分からずポカンとしていると。

吉村さんが、ふっと笑いながら口を開いた。

「昨日、靴ないまま、どうやって帰ったの？」

っ!?

え。まさか……。

私に嫌がらせをしていた人って……。

「お、織くんが、探してくれて……」

　ギュッと拳を握って。

　怖くて声が震えそうになりながらも、正直に昨日あったことを話す。

　あなたたちのせいで、織くんにまで迷惑をかけたんだってこと、ちゃんと知らせなきゃ。

　と思ったのに……。

「うっわ、なに。もしかして、織くんに泣きついたの？」

「地味な顔してよくやるね～」

　まさかそんな風に受け取られるとは。

　まあその……泣きついたとまでは言わないけど、ちょっとは甘えてしまったところはあるかもしれない。

　最後は織くんのあまりの優しさに泣いてしまったし。

　それは、反省する。

　でも……。

「それはっ、あなたたちが隠したりなんかしなければっ！」

　勇気を出して反論すれば、キッと睨まれてしまい。

　思わず口をつぐんだ。

「勘違いしないでくれる？　うちら、隠したんじゃなくて、捨てたんだけど」

「……えっ？」

「外のゴミ置き場にね」

　はい？

　確か織くんは、体育館の靴箱で見つけたって……。

「ほんと信じらんない。よりによってなんでこんなブスが

織くんと──」

　そんな面と向かってブスって……。

「……今の話、ほんと？」

　へっ……。

　上から降ってきた声に視線を向ければ。

　こちらに降りてくる織くんの姿が見えた。

　な……なんてタイミングなんだ。

　吉村さんの顔を見たら、あからさまにヤバいって焦った顔をしてる。

「織くん……なんでっ」

　私より先を歩いていた織くんは、とっくに教室に着いているはずなのに。

　戻ってきてくれたの？

「白井さんのことやっぱり心配で」

「はっ……」

　その優しさにまた今日もときめいてしまう。

　朝、織くんは私を心配して何度も一緒に教室まで行くと言ってくれたけど。

　噂が広まっているなか織くんと並んで歩く自信は私にはなくて。

　大丈夫だから先に行って欲しいと頼んだけど。

　まさか戻って来てくれるなんて……。

「来てよかった」

　そう言った織くんが吉村さんに目線を向けると、彼女はスッと織くんから目を逸らした。

「……吉村さんたちが、今まで白井さんに嫌がらせしてた
の？　あの写真を撮ったのも？」

「わ、私たちは、頼まれただけだから！　ねっ」

「そ、そうだよっ」

　と慌てたように取り巻きのふたりが言う。

　まるで、自分たちは被害者だと言いたげな目。

　そして……。

「……ホームルーム始まるから行くねっ」

　私と織くんから視線を逸らしたままひとりがそう言っ
て、取り巻きのふたりはパタパタと足音を響かせながら
行ってしまった。

　うわ……。

　さっきまであんなに吉村さんにべったりくっついていた
のに。

　織くんを前にしたらそんな手のひら返すの……。

　すごすぎる。

　吉村さんは、自分を置いて逃げる彼女たちの背中を見て、
驚いたように目を開いてから、だんだん悔しそうに顔を歪
めた。

　ちょっと可哀想かもと思っていると、彼女が口を開いた。

「っ、わ、私も教室に――」

　吉村さんがそう言って、私と織くんの横を通り過ぎよう
とした瞬間。

「質問に答えてよ」

　織くんは、普段聞く声よりもうんと低いトーンで吉村さ

んにそう言ったかと思えば。

「っ!!」

　慌てて階段を上る彼女の顔ギリギリで壁に手をついて、逃げるのを瞬時に阻止した。

　そして、グッと吉村さんに詰め寄る。

　はっ……こ、これは……!!

　世の中で言う、壁ドンというやつ!!

　映画やドラマじゃない現実の世界で、しかも推しである織くんの壁ドンが見られるなんて!!

　一瞬、心の中で「ありがとう、吉村さん」と呟いてしまった。

　私に嫌がらせするような吉村さんだけど、その顔のかわいさは本物だから。

　織くんと吉村さんの壁ドンなんて。

　まるで恋愛映画のワンシーンを見ているかのよう。

　眼福だ、と思ってしまった。

　私がされているわけじゃないのに、たちまち鼓動が速くなると同時に胸がチクチクと痛む。

「全部、吉村さんの仕業なの?」

　織くんの問いかけに、吉村さんが頷く。

「……っ、……だ、だって、白井さんずるいからっ、織くんと一緒に住んでいるなんてっ」

　去年から何度も告白するぐらい、織くんのことが好きなんだ。

　そりゃ、嫌だよね……。

　声が震えてる彼女を見て、胸が痛くなる。

　織くんの個人情報を晒したのは許せないけど。

　さっきまで私が彼女にいじめられていたのに、今はなんだか可哀想に見えて。

「吉村さんにはがっかりだよ」

「……っ!!」

　織くんが呆れたようにため息混じりに吐いたそのセリフは、見てる私にでさえ、胸がチクッとした。

　私がこうなるんだから、去年からずっと好きで追いかけてた吉村さんには相当なダメージだろう。

「謝って。そして二度と白井さんの嫌がることしないって誓って」

　織くんの怒った感情剥き出しのこんな姿見たことない。

　それはきっと、吉村さんだって同じだろう。

　顔は真っ赤で目には涙が溜まっていて。

　今、吉村さんの心の中はぐちゃぐちゃにかき乱されていることと思う。

　大好きな人に怒られるのは苦しいけれど、その整った顔が間近にあって自分をまっすぐ見つめているんだから。

　苦しいけどドキドキしちゃうような。

　混乱するに決まっている。

「……ご、ごめんなさい」

「俺にじゃないよ」

　織くんにそう言われて、肩をびくつかせた吉村さんが、涙をこぼしながらこちらに視線を向けた。

……あう……どうしよう……。

泣いている吉村さん、めちゃくちゃかわいい。

吉村さんのせいで、私の平穏な高校生活が数日脅かされたけれど。

その弱ったかわいい顔を私に向けてくれただけで、もういいよと言う気持ちになる。

「……ごめんなさいっ、白井さん。……もう、しない、からっ」

織くんのひと言で、まるで人が変わったみたいだ。

すごい。

「うん。……織くん、もう大丈夫だよ！　ありがとうっ。吉村さんもそう言ってくれてるし……」

「次白井さんのこと傷つけたら、ただじゃおかないから」

なっ。

織くんがそう言った瞬間、ホームルーム開始のチャイムが鳴って。

行って、と織くんに言われた吉村さんは、逃げるようにその場を後にした。

学校で目立つ存在の吉村さんたちが、写真を拡散させて私への嫌がらせをしていた犯人だったこと、織くんの新たな一面を見れたこと、いろんなことが一気に押し押せて。

「……はぁ」

鳴り響くチャイムが合図かのように、全身の力が抜けて、私はその場にヒョロヒョロと座り込む。

半分以上は、織くんと吉村さんの壁ドンの刺激があまりにも強すぎたことが原因だと思うけど。

「白井さんっ、大丈夫!?」

「……いや、全然大丈夫じゃないです」

　慌てて駆け寄ってくれた織くんにそんなことを吐くんだから、調子に乗りすぎにも程がある。

「もしかして他にもなんかされた?」

　さっき吉村さんを叱っていたときとは打って変わって、優しさ全開で真剣に私を心配してくれる織くん。

　惚れる。

「織くんの……織くんの壁ドン、破壊力がすごすぎてっ、全然大丈夫じゃない」

「か、壁ドン?」

「え、織くんまさか、壁ドン知らない!?」

「いや、聞いたことはあるけど……」

　わぁ、織くんあれ完全に無意識だったのか。

「んもうすごかったよ!　少女漫画のワンシーンみたいだった!　かっこよすぎるよ織くん。織くん主演の恋愛ドラマとかあったら視聴率絶対すごいことになる……」

「白井さん」

　さっきまでの緊迫した空気からの緊張が解けたからか、ベラベラと止まらない私に、織くんが声を被せた。

「一旦落ち着こう」

「……あ、はい」

「まず今のチャイムで、俺と白井さんの遅刻が決定したわけなんだけど」

「はっ」

　な、なんてこった!!　そうだ!!　チャイム!!

「わっ、ごめんなさいっ、織くん!　私のせいで!」

「白井さんのせいじゃないからほんと謝らないで。……その、どうせ遅刻なら、ふたりで少しサボっちゃおうか、なんて」

「え……」

　なに!!　その悪い子な発言!!

　またしても織くんのギャップにやられてしまいそう。

　織くん……そんなこと言っちゃうの。

　成績優秀なあの織くんが。

「どう?　白井さん」

　そんなの、答えはひとつに決まっている。

　織くんと授業をサボってしまった。

　教室に来なかった私を心配しためぐちゃんたちからメッセージが届いていたので、詳しい話はあとでしっかりすることと、今は織くんと一緒にいるから大丈夫ということだけを伝えて。

　1時間目の授業が終わるまで、織くんと屋上に続く階段にいることになったのだけど。

　えっと。この状況……。

　背中はぴったりと壁にくっついていて。

　顔のすぐ横には織くんの長い腕があって、私の逃げ場を塞いでいる。

　まさに、さっき見たばかりの構図。

　壁ドンだ。

　どっからどう見ても壁ドン。

　どうして私が織くんに壁ドンをされているのかという
と……。

　5分前に遡る。

「さっきの織くん、本当にカッコよかった」

　あらためて先ほどの興奮が冷めやらぬまま、そんなこと
を言ってしまったのがいけなかった。

「そんなに言うなら……白井さんにもしようか」

　そう静かに呟いた織くんが、ジリジリと距離を詰めてき
て。

「へっ……」

　気付けば、トンと背中が壁に触れて。

　織くんの両手が私の左右を塞いで。

　あっという間にこの体勢である。

「どう？」

「やっ、その、どうって、言われましても……控えめに言っ
て息ができません」

　そう言いながら、慌てて自分の顔を両手で塞ぐ。

　だって、近すぎるんだ織くんが。

　お互いの吐息がかかりそうなほどの距離に顔を背ける。

　織くんの顔をアップで見る耐性だって全然ついていない
のもあるけれど、自分の顔を間近でじっと見られるのも耐
えられない。

　吉村さんと織くんの壁ドンを見て、いいな私もしてもら

いたいな、なんて心のどこかで軽率に思ってしまったこと
を反省する。

「顔、隠さないで」

「ひっ」

　顔を覆っていた手を、織くんが優しく取ったかと思えば、
ちょっと強引に、その手をそのまま壁に押し当てた。

「ちょ、織くんっ」

　突然のことに動揺しまくりでまともに織くんを見れな
い。

「こっち向いて」

「っ、ム、ムリですっ、ち、近すぎるっ!!」

　視線を下に落としたまま言えば。

「言うこと聞かないと、吉村さんにしたみたいに怒っちゃ
うよ。白井さん、そっちの方が好き？」

「なっ」

　耳元でイジワルな声で囁かれて。

　一気に顔中が熱くなる。

　背筋がゾクゾクってして。

　こんな織くん……知らない。

　なんですか織くんっ!!

「あの織くんほんと、刺激が強すぎてダメです。もうあの、
はい。ありがとう本当に……夢を叶えてくれて……感謝し
ます。これ以上はドキドキしすぎておかしくなっちゃうか
らっ」

「……なればいいよ」

「へっ……」

　織くんがこちらをじっと見つめたまま、すごいことを言った気がして思わず聞き返す。

　なればいいって……それって……。

「なんて、ふざけすぎたね。ごめん」

　織くんはスッと私から離れて階段に座ってから、隣をトントンと叩いた。

　ホッと胸を撫で下ろす。

　あのままだと本当に心臓止まっていたよ。

「白井さんもおいで」

　言われた通り、遠慮がちにちょこんと腰を下ろして織くんと肩を並べる。

「……ごめんね、白井さんに嘘ついちゃって」

　織くんがなんのことを言っているのか、すぐにピンときた。

　織くんが体育館で見つけたと話していた私の靴は、実は吉村さんたちがゴミ置き場に捨てていたという話。

　私自身、吉村さんから聞いてずっと引っかかっていたことなので、織くんの口から話してくれて安心する。

「全然、大丈夫！　だけど、織くんはなんであんな嘘ついたの？」

　彼は少し口ごもってから小さく息を吸った。

「……昔、同じ経験したことあったから」

「えっ」

　過去に何かあったのかと思ってはいたけれど……。

　まさか、人気者の織くんが、私と同じ経験をしていたなんて。

「自分のものが誰かに捨てられてる光景って結構精神的にきたからさ」

「織くん……」

　誰だ!!

　織くんの私物を捨てるとかそんなことしたやつは!!

　今すぐ見つけ出して引っ叩いてやりたい。

「だから、白井さんには同じ思いさせたくなくて。結果的に嘘がバレちゃったから、ただ嘘ついたことになるんだけど」

「そんなっ。違うよ!　織くんは私の気持ちを考えて、悲しいのが少しでも減るならって思ってそうしてくれたんでしょ?　嬉しいよ、すっごく」

　思ったことをそのまま伝えると、織くんがフワッと温かく笑って。

　その笑顔にキュンとする。

　でも、織くんが私と似たような経験をしたって……。

「白井さん、そんな顔しないで」

「っ……」

　落ち込んだ顔を見せてしまったらしく、織くんに名前を呼ばれてハッとする。

「でも、今の話し方はズルかったよね。聞いて欲しそうな言い方した」

「織くんさえ良ければ、話して欲しい、ですっ」

　悲しみは共有した方がいいと言ってくれたのは織くんの方だから。
「面白い話じゃないけど、聞いてくれる？　……というか、白井さんには、話したい、と思ってるだけなんだけど」
　そんな、私は〝特別〟みたいな言い方、さらにずるいよ。
「もちろんだよ！」
　そう返事をすると、織くんがまた笑って。
　ゆっくりと話してくれた。

過去のトラウマ～織side～

　小1の頃、父親が事故で亡くなり。

　心にぽっかり穴が空いたような喪失感から、塞ぎ込むようになって。

　家では母さんに心配をかけないように、逆に俺が母さんを支えなきゃと気を張っていた分、学校では人と関わることを避けるようになって。

　徐々にクラスで孤立していった。

　そんな俺が小5の時に出会ったのが、転校してきた春樹だった。

　転校生だと言うのに、持ち前の明るさとコミュニケーション能力で、彼の周りには一気に人が集まるようになって。

　誰にでも分け隔てなく気さくに声をかける彼は、教室の隅にいるような俺にも、よく話しかけてくれた。

『柳瀬も来いよ！』

　6年生になり再び同じクラスになってからも、そう何度も、俺の名前を呼んでくれて。

　中学に入学して、よりふたりでいる時間は増えていった。

　春樹のおかげで俺もすぐにクラスの人と打ち解けられるようになり。

　初めて、学校が、人と過ごすことが、楽しいと思えるようになっていた。

　　そんな春樹との関係が変わってしまったのは、中１の２
学期が始まったばかりのとき。

『俺、好きな人いるんだよね』

　　春樹がそう、俺に話してくれた。

『織、うまくいくように、協力してくれない？』

　　彼には出会った頃から助けてもらってばかり。

　　親友の役に立てるかもしれない。

　　俺にとって恩返しの絶好のチャンスだったから。

『わかった！』

　　即答した。

　　それから俺たちは、春樹の片想い相手である有川さんと
よく３人で話すようになっていて。

　　休みの日に出かけるのも何度か。

　　そんな日々を過ごしていたある日の放課後。

　　有川さんに突然、呼び出されて。

『私ね、柳瀬くんのこと好きなの』

　　悪い夢かと思った。

　　てっきり、ついに彼女の口から「春樹くんが好きだ」っ
て相談されるんだと思っていたから。

『え……？』

　　驚いて言葉に詰まったけど、ここでしっかり俺の気持ち
を伝えなきゃと瞬時に口を開いた。

『有川さんとは付き合えない。ごめ——』

『春樹くんが、私のこと好きだから？』

『は？』

　耳を疑った。

　まさか、この人、ずっと春樹の気持ちに気づいていたっていうわけ？

『知ってたの？』

『うん。だってわかりやすいもん。でも、春樹くんには悪いけど、私は柳瀬くんが好き。私じゃだめ？』

『待ってよ。俺は、ふたりがうまく行くといいなってずっと……』

『うん。それも知ってる。柳瀬くんのそういうところ、好きになったから』

　彼女はそう言って、俺に一歩近づいた。

『そうやって、友達のために慣れないこと頑張っちゃうところ。柳瀬くん、本当は人と話すのあまり好きじゃないでしょ。でも、春樹くんのためなら苦手なこともそんなに健気に頑張るんだって』

　最悪なことが起こってしまったと、こっちは嫌な動悸や冷や汗がすごいのに。

　そんな俺をよそになんだかすごく楽しそうに話す彼女を見て、沸々と怒りが込み上げてきた。

『なにが言いたいの』

　イラつきを含んだ声でそう言えば、突然、彼女が俺の制服のネクタイを引っ張って。

『……かわいいなって思った』

　っ!?

『ふたり親友でしょ？　あの春樹くんならわかってくれる

よ。私と柳瀬くんが付き合っても——』

『やめろっ、俺は——』

そう言いかけたとき。

口の端に生暖かいものが触れて。

ゆっくりと離れた。

目の前にはニヤッと、勝ち誇ったような笑顔。

信じがたい状況に呆然としていると、追い討ちをかけるように。

「……は？　なにしてんの？」

教室のドアの方から、春樹の声がした。

その日のあと、何度も誤解を解こうとしたけれど、春樹はまるで聴く耳を持ってくれなかった。

それから俺は完全に春樹に無視されるようになり。

そんなある日、靴箱から靴がなくなって。

校舎を探し回っていたら、ゴミ箱に自分の靴が捨てられていたのを見つけた。

精神的に限界に来ていた俺の頭には、もう春樹の顔しか浮かばなくて。

胸が張り裂けそうな思いになったのをよく覚えている。

最悪だった残りの中学生活をなんとか終えて、卒業することができ。

高校に上がってから、共通の友達を通して俺の連絡先を知ったらしい春樹からメッセージが届いて。

彼は当時のことをたくさん謝ってくれた。

有川さんから本当のことを聞いて、自分の勘違いだった

と知ったと。

　俺の靴を捨てたのも自分で、あの時は俺に裏切られたっ
て気持ちでいっぱいだったこと。

　春樹から何度も謝られて、俺の中で過去の話になってい
たものの、大好きな子の私物があそこに置かれているのを
見て、あの頃の痛みが蘇ってしまった。

　だからとっさに、嘘をついた。

　捨てられてるって聞かされるよりも、隠されてたって聞
いた方がマシかと思ったから。

　全部を話し終えると。

　となりに座っていた白井さんが、俺の体を優しく包み込
んでくれた。

　大好きな子に、こんなふうに触れてもらえる日が来るな
んて。

「し、白井さん？」

　思ってもみなかったことで、一気に心拍数が上がる。

「頑張ったね、織くん」

　声が震えている。

　鼻をすする音がして。

　俺のために泣いてくれているんだとわかる。

　だから好きなんだ。

　痛みを知っているからこそ、誰かのそれにも人一倍寄り
添える子だから。

「辛かったよね」

「……っ」

「話してくれて、本当にありがとう」

　ギュッと、白井さんが抱きしめる力を強めて。

「……はっ!!　あっ、ごごごごめんなさい!!　許可なくなんてことを!!」

　突然、我に返って俺から離れようとした彼女の手を掴む。

　こうやっていちいち慌てふためく白井さんも愛おしくて。

「いいから、もう少し、このままがいい」

　泣いた顔なんて見られたくないのもあるけれど。

　単純に、キミにもっと触れたいから。

　俺のこと、好きになってよ。

Chapter 4

推しのヤキモチが止まりません

　織くんのお家にお世話になって1ヶ月半。

　あの壁ドン事件から、吉村さんたちが私に嫌がらせすることはなくなり。

　平穏な日常が戻りつつある10月下旬。

　木々が赤や黄色に色づき。

　学校では来月に行われる学園祭の準備が始まっていた。

　うちのクラスは校舎の中庭で焼きそばの模擬店をすることになり。

　ただいまお店の看板や商品名が大きく書かれたメニュー表作りを行っている最中。

　基本のソース焼きそばに目玉焼きやオムレツどちらかトッピングを選べるようにもなっていたり。

　メニュー表を作りながら、その文面だけでお腹が空く。

　さっき愛菜さんお手製のお弁当を食べたばかりだと言うのに。

　グ〜〜〜。

　う。しまった。

　静かすぎるいつもの授業とは違い、今はどこのクラスも学園祭の準備のためあちらこちらから作業の音や話し声が聞こえるから、私のお腹の音がすこぶる目立つわけではないけれど、なんて思っていたら。

「ふはっ」

正面から盛大に吹き出す声が聞こえた。

「白井、今、腹鳴った？」

っ!?

うそでしょ……と思いながら顔を上げれば、一緒に作業していたクラスメイトの山口くんが笑っていた。

「え、や、山口くんのじゃないの？」

とっさにしらばっくれながら、メニューの色塗りを再開しようと目線を逸らす。

「はぁ～？　人に罪を着せるとかいい度胸してんな。俺そんな下品な鳴り方しないわ」

「下品って、女子にそれ言う？　山口くんってデリカシーないね」

「いや、デリカシーないのは白井のほうだろ。人前で腹鳴らすなんてよ」

「生理現象だから仕方ないでしょ？」

クラスのムードメーカー的な存在の山口くんとは、学園祭の作業の班が同じになって話すようになったけど、彼はなにかと私に当たりが強い。

まぁ、私がそれにいちいち対抗してしまうのがいけないんだろうけど。

でも、山口くんと話していると、不思議と広夢と話していた頃を思い出すから悪い気はしない。

お互い、ああ言えばこう言うって感じで。

向こうが気さくに話しかけてくれる分、あんまり気を遣わないで話せるのかも。

　扱いひどすぎないか、と思うところもあるけれど。

「しょーがねーな。じゃあちょっと休憩する？」

「え。山口くん言うほど作業してないのに。山口くんがそっち１個ずっと塗ってる間、私ここもここも塗ったし」

「あー、はいはいうるせー。だからお前のために休憩するって言ってんだろ。それ以上しゃべってるとまた腹鳴るぞ」

　お、お前って!!

　最近、織くんに「白井さん」って呼ばれ慣れてたせいで、そんなふうに呼ばれることにちょっとびっくりした。

　織くんはわかりやすく女の子扱いしてくれるから。

　って、私ちょっと織くんのせいで感覚麻痺してる？

　私みたいなのが女の子扱いされていたのがおかしいんだよ。

　山口くんの方が普通だ。

　危ない危ない。

「ほら、立て」

「え」

　突然、山口くんが私の腕を掴んだまま立ち上がるので、その拍子で私の身体も床から離れる。

「は、ちょ、どこ行くの」

　そんな私の声を無視して、山口くんは教室から出た。

「ちょっと、山口くーん？」

「わーわーうるせぇーな。売店で白井のその腹満たすもの買いに」

「え、今、一応授業中だよ？」

「白井、変なとこ真面目だなー。こういうときの授業なんてみんな好き放題やってんだよ。ほら」

　山口くんが顎で指した方に目を向ければ、廊下で女の子たちが輪になってお菓子を食べていたり、スマホで自撮りをしていたり。

　当日着るんであろう衣装を身にまとってスマホから流している曲に合わせて踊っている隣のクラスの生徒もいて、山口くんが言うように廊下は普段の休み時間よりもうんとにぎやか。

「おぉ、なんか、青春！って感じだね！」

「うちの学校、学園祭は2年に1回だから俺らの学年は最初で最後の学園祭だし、みんな浮かれてるんだよ」

「なるほど。だから山口くんも浮かれて作業サボる不良になってしまったのか」

「白井ってひと言もふた言も余計だよな。お前の腹に付き合ってやるって言ってるんだろ？」

「えー、山口くんがサボりたいから私のお腹を口実にしてるだけじゃん！」

「お前ホント──」

「あっ」

　山口くんとわーわー言い合っていると、こちらに歩いてくる織くんの姿が見えて思わず声が出た。

　廊下を歩いているだけですこぶるカッコいいなんて何事だ。

「あ、白井さんおつかれさま」

「織くんもおつかれさま！　それ、織くん学園祭に着るの？」

　織くんが手に持っている王子さまっぽい衣装に目を向ける。

「うん」

「そっか!!　すっごい楽しみ！　織くんのことだから絶対似合う!!　必ず見に行く！」

「ホント？　ありがとう。白井さんのクラスは順調？」

「うん。順調すぎてちょっと休憩中」

「そうなんだ。今からどこか行くの？」

　隣にいた山口くんをチラッと見た織くんが聞いてくる。

「ああ、うん、ちょっと売店に。山口くんがお腹空いたってうるさくて」

「お前だろ」

「えー？」

「そっか。仲、いいんだね」

　と微笑んだ織くんだけど。

　なぜか目がちょっと笑っていなかったような……。

「えー仲良いとかじゃないよ！　同じ班だから仕方なく、ね」

「そうなんだ。じゃあ、頑張ってね」

　そう言ってくれた織くんに「うん」と返事をして手を振ろうとしたら。

「あ、白井さん」

　織くんが私の手首をとっさに掴んで、そのまま引き寄せ

た。

　っ!?

　何事だと思っていたら、織くんの吐息が耳に触れて。

「今度は、俺と抜け出そうね」

　そう呟いてから教室に戻ってしまった。

　耳が熱くて手で押さえる。

　なに。今の……。

　今度は織くんと抜け出すってどういうことだ。

　心臓がドクドクとうるさくなってしょうがない。

「あー、そう言えば、白井って今柳瀬のところに住んでるんだっけ」

　……あ、山口くん、いたんだっけ。

　なんて失礼なことを思うレベルで、私の頭の中は今、織くんでいっぱいだ。

「う、うん」

　一部始終を見ていた山口くんに聞かれて答える。

「大丈夫かよ。柳瀬にもさっきみたいででかい腹の音聞かせて」

「な、聞かせてないし！」

　いや、断言はできないけど。

　もしかしたらどこかで聞かせたかも。

「もし仮に聞かせてたとしても、織くんは山口くんと違って優しいからね〜。聞いてもからかったりしないの」

「あそ」

「自分で聞いといてなんでそんなに興味なさそうなのさ」

と唇を尖らせる。

「別に……てか、お前ら本当に付き合ってないの?」

「えっ!? ないないない! ありえない! そもそもあの織くんが私のこと好きになるわけがないじゃんか。恐れ多いから!! そういう次元じゃないの!」

「……そんなこと、ねぇんじゃね」

と小さく山口くんが呟いた。

「え?」

「嫉妬に狂った目してたし」

「なにそれ」

「いや、頭ん中食べ物ばっかの白井にはちょっと難しいかなー」

「ホントもうそのいじりいいから!」

山口くんの肩をポカポカ叩きながら、私たちは売店まで向かった。

売店から教室に帰って来て、山口くんが買ったお菓子を広げながら作業を再開していると。

「あーいいなー! 初花と山口!」

しゅーちゃんの声がして、山口くんが「げっ」とあからさまに嫌そうな顔をした。

しゅーちゃんは今年の春の遠足で、山口くんのポテチを袋ごと奪っていたから。

山口くんが警戒するのも無理はない。

「ねぇ、私にもひと口ちょうだい」

「ぜってぇやだ。お前にはやらん。ひと口とか言って全部食うじゃん」

「はぁ？　そんなことしないし！　ポッピーちょーだい！ちょーだいー！」

「あーうるせーうるせー！　はぁ……1本だけだぞ」

　子供みたいに駄々をこねたしゅーちゃんに、しぶしぶお菓子の入った箱を差し出した山口くん。

　しゅーちゃんは、スティック型のプレッツェルにチョコがコーティングされたそれを袋から3本取り出すと、パクッと口に入れた。

「うま！」

「はっ!?　俺、1本だけって言ったよな!?」

「チョコが溶けかけてくっついてたの。しょうがない！」

「くっそ……」

「うわぁ、山口くん口悪い〜」

　と思わず声が出る。

　しゅーちゃんは私の友達。

　しゅーちゃん側に立つに決まっている。

「はぁん？　お前のダチが——」

「ねぇ、みんなー！　優しい山口がお菓子食べていいってよ〜！」

　しゅーちゃんは、不機嫌な山口くんにおかまいなしに、めぐちゃんたちやほかの女子グループにもそう声をかけだして。

　みんなが目を輝かせながら一気にこちらにやって来た。

「はっ!?　ちょ、三上！　おめぇまじっ」

「ほんと？」

「山口太っ腹〜」

「好きになる。嘘だけど」

　と、めぐちゃんとちーちゃんやほかのグループの女子たち。

「優しいね、山口くんっ！　惚れちゃった！　嘘だけど。あ、これももらうね！」

　しゅーちゃんはどさくさに紛れてそう言うと、さらに別のお菓子を山口くんから取って食べだした。

　吉村さんからの嫌がらせが起きた時は、どうなることかと思ったけれど。

　またこうしてクラスメイトと普通にわちゃわちゃと話せるようになったことが今はものすごく嬉しい。

　嫌がらせが止まってすぐ、見て見ぬふりしていたことや、吉村さんが犯人だってわかっていたけれど言えずにいたことを謝って来てくれた子も何人かいるし。

　過去に苦しかったことは変えられないけれど、そういう言葉をもらえるだけで全然違う。

「山口超ハーレムじゃん、喜べ」

「お前らに囲まれても嬉しくねぇよ！」

「あらら、恥ずかしがり屋さん」

「ほんと、最悪……」

　みんなにいじられた山口くんが疲れたように呟いたとき、ちょうど授業終了のチャイムが鳴り響いた。

　そして、休憩時間が始まった時だった。

「……白井さんいる？」

　っ!?

　その声に、みんなが一斉に扉の方に目を向ける。

「織くんっ！」

　彼と目が合って思わず名前を呼ぶ。

　みんなには私と織くんが同居していることが知れ渡っている状況。

　嫌がらせが落ち着いてから、こうして私と織くんが人前で話すことも増えて。

　周りもだんだんと私たちの関係を受け入れてくれているような気がする。

　みんなの織くんを見つめる瞳は相変わらずキラキラしてて、織くんは変わらずにみんなの王子さま。

「どうしたの織くん」

　みんなの前で名前を呼ばれて、みんなに見られながら話すのはまだまだ慣れないけど。

「うん、これ。少しだけど」

　織くんがそう言って、私に袋を差し出す。

「へっ!?」

　受け取って中身を確認すれば、お菓子や飲み物がいくつか入っていた。

「友達と食べて。さっき俺も買い出し行ったから」

「そんな……」

　山口くんはポッピー3本をしゅーちゃんに取られただけ

で発狂してたのに。

　そんな彼とはえらい違いだ……。

「とっても嬉しいっ！　好きなのばっかりだ……ありがとう！　みんなもすっごく喜ぶよ！」

　そう言って、袋の中に落としていた目線を上げて織くんを見ると。

　織くんは、私の背後の教室をじっと見つめていた。

　織くんも、ほかのクラスがどんな準備しているのか気になるんだな……。

「織くん？」

　名前を呼ぶと、織くんがハッとしてこちらに目線を合わせてくれる。

「……あ、うん。よかった。じゃあ、頑張ってね、白井さん。当日、俺も白井さんたちの焼きそば楽しみにしてる」

「はっ、それなら、織くんには目玉焼きもオムレツも大サービスするね！」

「ふはっ、勝手にそんなことして大丈夫なの？」

　控えめに吹き出した織くんがかっこよすぎて、ほっぺが落ちかけた。

「織くんだよ!?　誰がダメって言うのさ！」

「ハハッ。ありがとう。じゃあ、また放課後ね」

「うん！」

　織くんは柔らかく笑うと、私の頭にポンと優しく手を置いてから自分の教室に戻っていった。

「ねぇ、みんな！　織くんからの差し入れだよ！　どうす

る!?　食べられる!?　額に飾る!?」

　織くんの背中を見送って、クルッと身体を教室に向けて
言えば、ワッと教室中が盛り上がりだした。

「悩む……食べたいけど飾ってもおきたい」

「……お前ら本当にバカだな」

　と、山口くんが呆れたように言う。

　ワイワイ話しながらお菓子をみんなに配って。

　織くんの気遣いにあらためて感謝の気持ちが溢れ出す。

　どんだけできた男なんですか織くん。

　頭の中織くんでいっぱいになりながら、作業再開のため
定位置に戻ると。

「白井さぁ」

　隣で作業していた山口くんがちょっと小さめの声で話し
かけてきた。

「ん?」

「もう少し離れて作業して」

「え、なんで。私ここ塗ってたのに」

「いいから」

　と、山口くんが私の肩を軽く押す。

　おいおいおい。手荒だな。

「え――意味わかんない」

「俺が殺されるんだよ、あの目に」

「え、目?」

「……あー、柳瀬も大変だな」

　え。柳瀬?

　なんで今、織くんの名前が出てくるの？

「……白井さ、柳瀬が本気でお前のこと好きって言ったらどうすんの？」

　そう問う山口くんの顔を見れば、真面目に聞いているってわかる。

　でも、なんで私なんかにそういうことを聞くのかわからない。

「え、なに急に。だから、そんなことあるわけ……」

「ないとは言い切れねぇって話、さっきもしたろ。つか、さっさとはっきりしてもらわないとこっちが困る。ただ隣で作業してるだけであんな風に……」

「ん？」

「とにかく、真剣に考えろ」

　そう言った山口くんに、少しムッとしたのは。

　心の奥底に眠る、起こすつもりなんて微塵もなかったそれをつつかれたみたいな感覚になったから。

　山口くんに離れて作業して欲しいと言われて不貞腐れた私は、ちょうどめぐちゃんに追加のペンキを一緒に取りに行こうと誘われて。

　ちーちゃんとしゅーちゃんも連れて、４人で美術室へ向かった。

「……まぁ、正直、山口が言うこともわかるよ」

「えっ」

　誰もいない美術室に入り、使う分のペンキ缶を手に持っ

て美術室用の大きめの机に置いためぐちゃんが、そう言ってそのまま席に腰を下ろした。

　ここに来るまでに、山口くんに言われたことをちょろっと愚痴っていたら、めぐちゃんから予想外のセリフが飛び出して来て、ちーちゃんやしゅーちゃんもうんうんと頷いていた。

　え、え、え!?

　なに!!

「3人とも、山口くんの肩持つの!?」

「いや、肩持つどうこうの話じゃなくてさ」

　めぐちゃんが頬杖をつきながら、話しだす。

「……織くん、初花のこと本当に好きだったりしない?」

「はっ?」

　めぐちゃんなにを言いだすんだ。

「てか、あれもう好きじゃない?　織くんのあの感じは」

「ちょ、ちーちゃんまで……」

「だって吉村さんのことがあった後も、一緒にサボったりしてさ。それも織くんの方から提案したわけだし」

　しゅーちゃんのセリフに、顔が熱くなる。

　待ってくれ待ってくれ。

　みんな、私と同じ織くん推し活部だよね!?

　なんでいきなりそんなこと言うの!

　それにどうしてそんなに冷静なの!?

「そしてさっきはあんな大胆に差し入れでしょ?」

「いくら一緒に住んでるとは言っても、あそこまでやるか

ね」

「ええぇ、ちょっと待ってストップ！　なんで！　え、ちょ、私たちは一緒に織くんを推してきた仲間でしょ！　それなのにそんな……」

　早口でしゃべる私を制するように、めぐちゃんが席から立ち上がって私の両肩に手を置いてこちらをじっと見つめてきた。

　ゴクンッと喉が鳴る。

「いい？　初花。そりゃうちらも織くん大大大大好きだしずっと推しだよ」

「うん、だったら──」

「だからわかるんだよ。織くんが今、誰のことを一番思っているのか」

「……っ」

　そのセリフになんだが目頭が熱くなってしまった。

「まぁ、別に織くん推しでもなんでもない山口が気付くぐらいだもんね、もうすごいよ、織くんが初花を愛おしそうに見ている目」

　やめて欲しい。

「いや、いやいやいや、だからそれは、同居人として」

「いーや！　初花だって正直少しは思うでしょ？　あんだけ大事そうにされたらさ。織くん、私のこと好きなんじゃないかって」

　と、ちーちゃんまでもそんなことを言う。

「そうそう！　てか最高じゃん初花！　推しが自分のこと

を好きだなん──」

「違うっ……」

　少し大きな声で、しゅーちゃんの声を遮った。

「初花、なんで……」

　うまく言葉が出てこない。

　喉に何か詰まってるような感じ。

　織くんと恋愛なんて……そんな……。

　脳裏によぎるのは、広夢との過去。

　怖いんだ。

　あの時、私が広夢に恋してしまったせいで、そのせいで欲張りになって、関係が全部壊れてしまったから。

　織くんと今の心地いい関係が、そんなもののせいで壊れるのは嫌だ。

　気付かないふりをしていたい。

　自分の気持ちにも、織くんの気持ちにも。

　そんなわけないって思いたい。

　ていうか……。

「そもそも、織くん、好きな人いるから」

　そんな人を好きになったら、もっともっと苦しいでしょう。

「それが、初花ってことじゃないの？」

「……違うから！　ね、やめよう、この話──」

「やめないよ」

「……めぐちゃん」

　目を逸らして、美術室を出ようとした私の手をめぐちゃ

んが掴む。

「初花が、そこまで恋愛に臆病（おくびょう）になる理由がわからない。織くんに直接嫌いだとか言われたわけ？」

「……そうじゃ、ないけど」

「じゃあなんで。うちらはね、推しの織くんにも、大好きな初花にも、幸せになって欲しいだけなんだよ」

　めぐちゃんがあまりにも真剣な瞳でそう言うから、なんだかすごく胸がギュッとして。

「何か原因があるなら話してよ」

　めぐちゃんの泣きそうな声にそう言われて、私は少しの沈黙の後、自分の過去の話をした。

　放課後。

　吉村さんのことがあってから、私と織くんは一緒に登下校するようになり。

　今日も、織くんと並んで帰り道を歩く。

　めぐちゃんたちが、変なこと言うから。

　変に緊張してしまう。

　あの後、私はめぐちゃんたちに広夢とのことを初めて話した。

　話し終えた後、めぐちゃんが『何も知らないで勝手なこと言ってごめんね』って謝ってくれて。

　めぐちゃんが謝ることなんて何もないのに。

　でも、３人に打ち明けられたことでどこかスッキリしている。

　私の話を聞いても、めぐちゃんたちは『余計、初花は織くんと幸せになって欲しい』なんて言っていたし。

　いやいや、私が織くんと付き合うなんて……。

　チラッと隣を歩く彼を横目で見ると。

　っ!?

　バチッと目があって思わず逸らす。

　……あぁ、ほら。

　めぐちゃんたちがあんなこと言うからだよ!

　織くんの顔、まともに見れなくなってるじゃんか!!

　意識しすぎ私!!

　これじゃダメだと、深呼吸して口を開く。

「織くん、さっきはありがとうね！　お菓子とか飲み物！みんなもすっごい喜んでた。ほんと、織くんは優しくて気遣いもできてすごいね！　山口くんとは大違いだよ！あ、山口くんって廊下で一緒にいた人なんだけど……」

「全然」

　差し入れのお礼を言って、山口くんの話をしようとしたら織くんが遮るようにそう言った。

「え？」

「俺、全然優しくなんかないよ」

　え。どこがだ。

　織くんは優しさのかたまりじゃないか。

「いつだって中は真っ黒だよ」

「ま、真っ黒って……」

「優しさで会いにいったんじゃないってこと」

　そう言った織くんが、私の手を取って握った。

「お、織くん!?」

　な、なにこれ……。

「白井さんが他の人と楽しそうに話してるの見て、モヤモヤしたから」

「……っ」

「俺といるのに、他の男の話しないで」

　……織くん、なんでそんなこと言うの？

　織くんの目が、お家で映画鑑賞した日に迫ってきた時と同じ目をしている。

　あの時は、織くんが好きな人に触れるための練習だって言っていたから、自分にも心の中でそう言い聞かせていたけれど。

　今日、山口くんやめぐちゃんたちからあんなことを言われたせいか、もしかして、なんて気持ちがよぎってドキドキと心臓がうるさくてしょうがない。

　あの時よりもうんと顔が熱くて。

　でも、もう大切な人とあんな風になるのも嫌。

　頭の中ぐちゃぐちゃで戸惑っている私をよそに、織くんは私の手を優しく握ったまま歩きだした。

推しに恋したようです

そして学園祭はあっという間にやってきた。

うちのクラスの焼きそばは1日目も2日目も大盛況で。

今日は3日目の最終日。

あれから、織くんとは前どんな風に話していたっけと思うほど、なんだかうまく目を見て話せなくて。

もちろん、織くんは推しだから、初めて話した時からずっとドキドキしていてしょうがなかった。

それなのになんだろう。

今は、何か違う。

胸がキュンとするだけじゃない、ちょっと苦しくなるような感覚。

織くんとのことを考えだすと止まらなくなるから、今日まで学園祭の準備でやること詰め詰めだったおかげでまだマシな気がする。

もしこれでいつものつまらない授業連続なら、もっと色んなことを考えすぎて頭パンク寸前だっただろうから。

焼きそばが大人気で大忙しなのは大変だけれど、救われている。

もうずっと焼きそばを焼いているから、身体に焼きそばソースのにおいが染み付いているんじゃないかと心配になるほど。

「初花！ 午後の織くんの舞台、観に行くよね！」

　テントの後ろで水分補給していると、隣にめぐちゃんもやってきて一緒に水を飲む。

「えっ、あ……う、うん」

「えぇー何その反応」

「めぐちゃんのせいだよ……」

「はっはーん。織くんのこと意識した途端、どうしていいか分からなくなっちゃったか」

　とニヤニヤしているめぐちゃん。

　悪いやつだ……。

「ちょっと、なんでそんなに楽しそうなの！　私は、織くんと穏やかに同居生活を過ごせればそれでよかったんだよ、なのに……」

「白井さーん！　補充のお箸ってどこー？」

「あ、一番上の段ボールだったと思う！」

　ここじゃあ落ち着いて話もできない。

　いや、だからこそありがたいんだけど。

「舞台の織くん楽しみに、午前中頑張ろ！」

　めぐちゃんは私の肩を強めに叩いて持ち場に戻った。

　……まったく。

　織くんたちのクラスは学園祭が始まっても舞台の練習で放課後残るようになったから、一緒に帰ることもなくて。

　正直、ホッとしている。

　織くんと顔を合わせることが少なくなってホッとしているなんて、罰当たりだ！なんて思うけど。

　お家に帰ったらクタクタで、すぐに寝てしまうし。

　このまま何事もなく時間が進んで、前みたいに織くんと普通に話せたらいいのに……。

　こんな風に思うのは、わがままなのかな……。

「白井たちそろそろ休憩行っていいよ。観に行くんだろ、柳瀬のクラスの舞台」

　お昼過ぎ。

　少しお客さんが減ったタイミングで、隣にいた山口くんが声をかけてくれた。

「あっ、うん」

「よーし！　じゃああとは頼んだ！　山口！　行くか、初花！」

　テンションＭＡＸのしゅーちゃんがそう言いながら肩を組んで来て。

　私たちは４人で体育館へと向かった。

　体育館に着くと、人で溢れ返っていた。

　というか、織くんたちのクラスの番が近づくにつれて、体育館にやってくる人が一段と増えている気がする。

「すごい人だね」

「ほとんど織くん目当てでしょ？」

「まぁね。あの織くんのタキシード姿なんて全人類拝みたいだろうし」

　私たちはなんとか立ち見できる場所を確保することができ、１年生のダンスを見ながら、次の織くんたちの舞台が始まるのを待つ。

　手元にあるプログラムに視線を落とす。

【13：30　ミュージカル・シンデレラ】

　織くん主演の舞台だ。

　クラスの推薦で決まったってこの間話してくれた。

「１年４組の皆さん、ありがとうございました」

「あ、始まるよ！」

　１年生のダンスが終了しアナウンスが聞こえ、めぐちゃんの声で目線を舞台に戻す。

「続きまして、プログラム第３幕は、２年５組による、ミュージカル・シンデレラです」

　と続くアナウンスが体育館に響く。

　ブ──という開演ブザーの音が響き幕が開いた。

　凝った舞台セットや衣装と演技に、一気に物語に引き込まれる。

　舞台は中盤。

　シンデレラが無事にお城に着き、いよいよ一番の見せ場であるロマンチックな舞踏会のシーン。

「わっ、織くんだ！」

「カッコいい〜！！」

　みんなドレスやタキシードを身にまとっていて、その迫力に息をのむ。すごい。

　それにしても……。

　ひときわ目立っているのがやはり織くん。

　圧倒的なビジュアルの良さ。

　本当に絵本の中から飛び出してきた王子さまみたいだ。

　キャラメル色のサラサラヘアが、舞台の照明によってさ

らにキラキラと輝いていて。

　落ち着いたクリーム色のタキシードがさらに大人の雰囲気を出している。

　タキシードって織くんのために作られたものなんだって思った。

　織くんは俳優さん並みのナチュラルなお芝居をしていて。

　緊張なんてまったく感じられない。

　シンデレラ役は織くんのクラスで一番人気があってかわいいと評判の良い辻さん。

　ライトブルーのゴージャスなドレスがものすごく似合っている。

　すごいな……織くん。

　今までのお芝居、全然初心者には見えなくて。

「織くんやっば……」

「かっこよすぎるって……」

　しゅーちゃんやちーちゃんも隣で声を漏らす。

　シンデレラ役の辻さんをスマートにエスコートする織くんに、みんな夢中だ。

　それに比べて私は……。

　上はクラスTシャツに下は学校指定のジャージで、客席の隅っこで織くんを眺めている。

　なんだか、私と織くんのあいだにある距離をあらためて痛感しちゃう。

　辻さんがクルッと1周回ってドレスをふわりとなびかせ

た次の瞬間。

織くんが彼女の腰に手を回して、そのまま引き寄せて。

ふたりの距離がグッと縮んで見つめ合うと、会場がさらに歓声を上げた。

すごい熱気に包まれる。

あぁ……嫌だな……。

そんな心の声と同時に、ギュッと胸が締め付けられた。

って……。

私、なに思っちゃってるんだろう。

今までならみんなと一緒にわーきゃー黄色い声を上げていたはずなのに。

この感覚……知っている。

広夢が、堀さんと仲良く話しているのを見るたびに感じていた。

嫌だ……織くんに対してこんな気持ち抱きたくないのに。

私は、これ以上織くんが舞台に立っているのを見てられなくて目線を落としてしまった。

織くんが別の女の子と見つめ合っているのを見て、嫌だと思った。

私だけにそうして欲しい、なんて。

こんな風に汚くて欲張りな自分になりたくなかったから、もう恋をしないって決めたのに。

舞台のラストシーンは、ガラスの靴がぴったり入ったシンデレラと王子さまがお城で結婚式を挙げるシーン。

　そこで祝福の歌。

　音楽が止まった最後。

「誓いのキスを！」

　そんなセリフが会場に響き渡り、ふたりがふたたび見つめ合う。

　お芝居だってわかっているのに。

　織くんの、辻さんを見つめる瞳があんまり愛おしそうに見えて。

　実際、こんな遠くからじゃ、織くんがどんな表情をしているかなんてちゃんと見えないはずなのに。

　……織くんの好きな人って辻さんだったりして、なんて。

　勝手な想像は止まってくれない。

　辻さんと織くん、ふたりの影が重なると同時に舞台の幕が降りた。

　キスしているように見えるような演出。

　本当にしているわけじゃない。

　わかっているのに、胸の辺りが締め付けられるように苦しくて。

　周りで見ていた観客の「最後めちゃくちゃキュンキュンしちゃった！」って声。

　今すぐここから出たくてたまらなくなってしまった。

　舞台が終わってすぐ、私は体育館を飛び出した。

　私の名前を呼ぶみんなの声を無視して。

　すぐにめぐちゃんたちから心配するメッセージが届いたけれど。

《今はちょっとひとりになりたい》

　そう返して、私は今、校舎の一番端にある外階段に身を潜めている。

「はぁ……」

　ここは人通りが唯一あまりないところだから、盛大にため息をついても誰にもバレない。

　織くんと元通りになるどころか、あの舞台を見て圧倒されて、さらに自分が今までいかに身の程知らずだったのか痛いほど実感した。

　そして、同時に嫉妬心まで。

　私と織くんは釣り合わない、だけど、私以外の子と親しくしているのを見るとモヤモヤして苦しくなって。

　頭も心もぐちゃぐちゃだ。

　みんなに嬉しい言葉をたくさんかけられて調子に乗っていた分、反動がすごい。

　私はシンデレラではないし、魔法なんてないから。

　そもそも、もう恋なんてしないと決めたはずなのに。

　いや、しないと決めてしないでいられるなら、広夢のことをあんなに引きずって苦しい思いなんてしなくて済んだだろう。

　恋って、気付いたら自分じゃ制御できないところまで来ちゃっているものなんだ。

『もっと意識してよ』

『白井さんが他の人と楽しそうに話しているの見て、モヤモヤしたから』

『俺といるのに、他の男の話しないで』

　織くんが言ったセリフの数々が脳内で再生される。

　お芝居があんなに上手だった織くんだ。

　やっぱり、今まで私に言ってくれたことも全部演技で、好きな人に触れる練習の延長にすぎなかったのかも。

　って……。

　織くんに利用されるならなんだっていいって思っていたはずなのに……。

　それじゃ嫌なんて。

　確実に、好きになってしまってるんだ、私。

　本当はきっと、もっと前から好きになっていた。

　でも怖かったから、気付かないふりをしていたんだろうと思う。

　ヘラヘラして、自分の気持ちから目を逸らしていたんだ。

「はぁ……」

　これからどうすればいいんだろう、と2回目のため息をついた時だった。

「こんなとこにいた」

　え。うそ。

　声がして顔をあげると、目の前に制服姿の織くんが少し息を切らしながら立っていた。

　さっきまで王子さまの格好をしていたはずの彼が、どうしてこんなところに。

　もしかして……私のこと探して？

　でも、なんで……。

「お、織、くん」

「白井さん、見に来てくれたんだね。舞台から見えた」

「あ……うん」

　どうしよう。

　織くんと辻さんのラストシーンがフラッシュバックしてまともに顔が見れない。

「終わってすぐ、会いに行こうと思って白井さんたちの屋台に行ったら、どこかで休んでるって聞いたから」

　そう言いながら、織くんがスッと私の隣に自然に座る。

　もう当たり前、みたいに。

　それが嬉しい反面、さっきまでみんなの黄色い歓声を一身に浴びていた織くんを思い出して、胸がギュッとする。

「そ、そっか……」

　まさか舞台の向こうから、私たちが見えていたなんて。

　しかも織くん、うちのクラスの屋台まで……。

　私に会いにって。

　そんなこと言われたら、きゅんとしちゃうよ。

　好きだからとかじゃないってわかっているつもりでも。

「白井さん、なんか元気ない？」

　そう言って彼の手がおもむろにこちらに伸びて来て。

　っ!?

　思わず振り払ってしまった。

「……白井さん？」

「……はっ、ごごごごめんなさいっ!!」

　織くんの手をこんな風にするなんて。

「ごめん。あの、俺、なんかしたかな。最近ちょっと様子
おかしかったし……」

　ふるふると首を横に振る。

　ここで織くんに変な誤解をされたままなのは嫌だ。

　恥ずかしくても、気持ち悪いと思われても。

　織くんは何も悪くない、私の気持ちの問題だから。

　だからちゃんと伝えなきゃ。今の本当の気持ち。

「……その、ちょっと、ヤキモチ？みたいな……ははっ。みっ
ともないよね、変だよね！　十分わかってるんだけど。織
くんはみんなの織くんだって。でも他の女の子とあんなに
近くでいるの見たら、なんかちょっと嫌だなあって思っ
ちゃって……へへ、ずっと一緒にいすぎて、感覚麻痺し
ちゃって危な──」

　ギュッ。

　え。

　早口で話す私の最後の言葉は、織くんに抱きしめられた
ことで引っ込んでしまった。

「麻痺、してたらいい。ずっと」

「えっ」

　織くん……今、なんて。

　びっくりしすぎて声が出ない。

　どうして、織くんに抱きしめられているんだ。

　頭の中は大パニックで、心臓なんてバクバク暴れてどう
しようもなくて。

　そんななか織くんは落ち着いた声で私を抱きしめたまま

口を開いた。

「白井さんにとって、俺と一緒にいるのがずっと当たり前ならいいって思ってる」

「……っ」

　耳に直接優しく届く彼の声が、くすぐったいのに心地よくて。

　織くんに触れられることが、声が、こんなに落ち着くって思う日が来るなんて。

　キツく締め付けられていた胸が解けるような感覚。

　なんで織くん、私にそういうこと言ってくれるの。

　心の中で問うと、わずかに空気を吸う音がして。

「……俺、白井さんのこと好きだから」

　っ!?

　そんなセリフが聞こえた。

「え、あのっ」

　思わず勢いよく体を離して彼の顔を見る。

　相変わらず涼しい顔をしている、と思ったけど。

　髪の毛から少し見えた耳の上が、ほんのり赤い気がした。

　う、嘘でしょ。

「こんなタイミングで言うつもりじゃなかったんだけど」

　と後頭部をかきながら少し困ったようにする仕草がさらに私の胸の高鳴りを加速させる。

　……これは、夢なのか。

「白井さんが、ヤキモチ妬いてくれたのかと思うと嬉しくて。気持ち抑えられなかった」

「えと……」

　あまりの驚きで言葉がなかなか出てこない。

　いや無理だ、だって織くんが……私のこと……。

「……ひとりの女の子として、白井さんのことが好きだよ、俺」

「ちょ、ちょちょ、ちょっと待って！　ストップ！　あのっ」

　手のひらを見せてストップのポーズをするけど、その手を優しく掴まれた。

「待たない。白井さんのことだから、初めてうちに来た時みたいに夢だなんだって信じてくれなそうだから。何回でも言う。俺、白井さんが好き」

「なっ」

「白井さんが他の男の人と仲良くしてるの見て嫌なのも、好きで、独占したいから」

　浴びせられる言葉に、もう頭が爆発してしまいそう。

「でも、織くん、好きな人いるって」

「だからそれが、白井さんだよ」

　う、嘘だ……。

「返事はすぐにじゃなくていいから。白井さんが俺に向けてくれてる気持ちと俺の気持ちが一緒じゃないのはわかっているから」

「えっ」

　それって、どういうことだろうか……。

　今、私は、自分がヤキモチを妬いた理由が、恋をしているからだって実感していたところなのに……。

　違うって……。

「俺はね、白井さんともっと一緒にいたいし触れたい。今までのじゃ全然満足してないんだよ。足りない。どういうことかわかる？」

「……えっと」

「白井さんとキスしたり、それ以上のこと、もっとしたいってこと」

「っ!?」

　彼のセリフに自分の顔がボッと熱くなって、赤くなっているのが自分でもわかる。

　織くん、あまりにもどストレートすぎやしませんか。

「もうずっと、我慢してるんだよ、俺」

　そう言った織くんの手が私の頬に触れた。

　たしかに、舞台を見たときにヤキモチを妬いちゃった。

　けど、織くんが言うように、私は織くんとキスとかそういうことがしたいのかと聞かれたらわからない。

　いや、そもそも考えたこともなかったから。

　今初めて考える。

　だってそういうことを織くん相手に考えるだけで罪じゃないか。

　ちょっと想像しかけたけど刺激が強すぎる。

　でも……。

　広夢に恋していたとき、私はもっと必死で欲張りだったかもしれない。

　もっともっとって。

　私以外見ないで欲しくて必死だった。

　正直、寝ている広夢にキスしようとしたことも２、３回あった。

　でも、私は、織くんにそういうことをしたいとは思わない。

　それじゃあやっぱり、織くんが言うように私の気持ちは恋とかそういうのじゃなくて、推しに対しての"好き"止まりなのだろうか。

　そもそも自分が恋愛することがまだ怖い。

　もし織くんと結ばれたとして、いつか幻滅されて別れることになったら？

　それこそ、そんな日が来たら100％私が捨てられて泣く側で。

　そんな辛い思い、したくないのが本音だ。

　織くんを目の前に、好きなんて言ってもらってこんなこと思うなんて、わがままなのはわかっているけれど……。

「幼なじみのことで、きっと色々考えることもあると思うから」

「えっ……」

　織くんの口から広夢のことが出てくるとは思っていなくてびっくりする。

　そういえば、初めて柳瀬家で織くんと会った時に広夢との写真見られているんだっけ。

　一緒に肉まんを食べた時も、ポロッと広夢の話をこぼしたかも。

　織くん……気にしてくれてたんだ。

「だから、これからも、白井さんにアピールするの許して
もらえないかな。迷惑じゃなければ」

「迷惑なんてそんな！」

　推しになんてことを言わせてしまっているんだ。

　だってこんなこと起こるなんて思うわけないんだもん。

　固まって何も考えられなくなる。

「もう1回、ちゃんと告白する。その時にあらためて返事
聞かせて」

　その真剣な瞳になぜか目頭が熱くなって。

「……わ、わかり、ました」

　今の私には、そう小さく返事するのがやっとで。

　織くんのこと、すっごくすっごく大好きだ。

　でもこれは、恋の気持ちが大きいのか、推しへの憧れの
ほうが大きいのか。

　はたまた、これ以上織くんと深い関係になって、自分の
欲が大きくなって幻滅されたりでもしたら。

　いろんな気持ちが入り混じったままで俯いていると、突
然、フワッとソースの匂いが香った。

「よし、じゃあ食べよ！」

「えっ」

「白井さんのクラスの焼きそば買ってきた。一緒に食べよ
う。白井さん、お昼まだでしょ？」

　さっきまでみんなの王子さまだった彼が、私に柔らかい
笑顔を向けて。

　そのせいでまた胸が鳴る。

「白井さんはそのままでいて。俺のことでそんな苦しそう
な顔しないで欲しい」

　なんて、続けてくれるから。

「……うん、ありがとう。織くん。……食べよっか！」

　ちゃんと、自分の気持ちと向き合わなきゃ。

　そう決意して。

　私は織くんと一緒に焼きそばを頬張った。

推しが恋人になりまして

　学園祭が終わって1週間が経った、11月下旬。

「白井さん」

「織くんっ」

「帰ろ」

　織くんはあの日の告白を機に、学校でも、今まで以上に人目をはばかることなく私に話しかけてくるようになっていた。

　嬉しいような、恥ずかしいような。

　ずっと推しだった人から、周りにも伝わるような特別扱いを受けるなんて。

　めぐちゃんたちは、早く付き合っちゃいなよなんて毎日口癖のように言うようになったけど、広夢のことが未だに引っかかっていることもわかってくれているから、そこまで強く突いてくることもしない。

　ただただ、私には幸せになって欲しいんだって言ってくれる、優しい友達だ。

　私は、みんなに「またね」といつものように手を振ってから、織くんと一緒に校舎を出た。

　織くんの気持ちを聞く前は、私たちの関係が変わってしまうことが怖かったけど、織くんが普通に接してくれるおかげで、そんな不安が薄れている。

　私って、あの織くんに本当に告白されたんだよね？って

一瞬疑いそうになるほど、告白前と同じ。

　と言いたいところだけど。

　ヒュウッと冷たい風が吹いて。

　寒さで口元に両手を持っていってハァーと手のひらに息を吹きかけていると、スッと伸びてきた織くんの手に手首を掴まれた。

　そしてその手はそのまま、織くんのコートのポケットの中へ。

　こ、これは!!

　そう。

　織くんは、今まで以上にこうやって触れてくるようになった。

　今回は私が寒がっていたせいだけど。

　それでも、こんな恋人同士がしそうなことを!!

「白井さん、手袋とコートは?」

「えっと、マンションに……」

　12月中旬まで織くんのところでお世話になる予定だけどコートや手袋なんかの冬物は荷物になるから、必要になってから自宅のマンションに取りに行こうと思っていて。

　完全に忘れていた。

「そっか。じゃあ今から一緒に取りに行く?」

「え、いいの?」

「うん。白井さんが住んでいるところ、見てみたいし。今日行って覚えたら、同居生活が終わっても白井さんのこと送り迎えできるもんね」

と、織くんが笑う。

ずるいよ……そんな嬉しそうに言うなんて。

同居生活終わっても一緒に学校行ってくれるんですか織くん……。

というかまず、私がちゃんと織くんの気持ちに返事をしなきゃなんだよ。

そうして私たちは、私のマンションにふたりで向かうことになった。

「織くんがうちのエレベーターに乗ってるって不思議な感じ」

「うん。ちょっと緊張する」

織くんには"緊張"って単語がやっぱり似合わなくてちょっぴりおかしくて。

「フフッ」と我慢できなくて笑ってしまう。

よく使い慣れたエレベーターで推しとふたりきりなんて、くすぐったい感じ。

学校近くのバス停からバスに乗り、数分歩いて着いたマンション。

２ヶ月ぶりのマンションのエレベーターに、ずっと憧れていた織くんと乗ることになるなんて。

人生なにがあるか本当にわかんない。

自宅のある５階に降りてうちへと向かう。

「ここがうち」

【502】白井

表札にそう書かれたドアの前に立ち、バッグから鍵を取

り出す。

「今更だけど、いいのかな。俺、入っても」

「えっ、なんで!!　外寒いし!!　入ってもらわないと逆に困るよ!!　織くんをこんな極寒の中待たせるなんて無理です!!」

　そう言えば、織くんが「極寒は大げさ」とまた笑う。

　この笑顔が大好きだ。

　「ありがとう」と織くんが言ってくれて、鍵を鍵穴に差した時だった。

「……初花？」

　懐かしい声に名前を呼ばれて、心臓がドクンと鳴った。

「広、夢……？」

　声がしたほうに目線を向ければ、久しく会っていなかった幼なじみが、隣のドアの前に立ってこちらを見ていた。

　中学の頃、真っ黒な短髪だった髪は伸びていて前髪はセンターで分けられている。

　成長した。大人になった。

　……かっこよくなった広夢。

　マンションで時々広夢を見かけては、徐々に変わっていく体格や髪型にドキドキしていた。

　一時期は、ばったり会いたくないから、階段を使ったりして。

　高校に上がってからは、エレベーターでふたりきりになってもどちらも無言で。

　だから、今彼が私の名前を呼んで声をかけてきたことに

驚きを隠せなくて、固まってしまう。

「あ、もしかして、彼氏?」

　私のとなりにいる織くんに目を向けてそんなことを聞く広夢になんだかムッとした。

　彼氏じゃないし……。

「ち、違うよ」

「ふーん。そう。元気?」

「うん。元気だよ。広夢は?」

「……んー。どーだろうな」

　そう言ってわざとらしく目線を逸らす広夢。

　そんな聞いて欲しそうにするの、ずるいじゃん。

「なに、なんかあったの?」

　震えそうな声をごまかすみたいに笑いながら聞く。

「……まぁ、ちょっと彼女の束縛がな〜。それでなんか、最近よく初花といたときのこと思い出してて。お前といたときはすごい楽だったな〜って。だから今こうやってタイミング良く会えて、ちょっと感動してる、かも」

「…………」

『楽』

　何それ。

　多分、ちょっと前の私なら、同じことを言われたら嬉しくなっていたかもしれない。

　いつか広夢が彼女とうまくいかなくなって、やっぱり初花がいちばんだって言ってもらうことを妄想していた時期もあった。

今、それに近いことが起こっている。

遠回りしてもなんだかんだ広夢と結ばれるのをどこかで願っていた。

なのにどうしてだろう。

1ミリも揺さぶられない。

この数年、彼に未練タラタラで引きずっていたはずなのに。

今は……。

何も言わない私を見て「そういえば、おばさん出張行ってるんだって?」と広夢が話を逸らした。

それから、織くんの家にお世話になっていることを話す流れになって。

「へー、じゃあふたり、今一緒に住んでるんだ。大変でしょ、こいつ。ガサツだし、色気ないっつーか、大食いだし」

「ちょっと、広夢っ」

織くんの前で、やめて欲しい。

あんな風に私を振ったくせに。

今さら幼なじみ面（ヅラ）っていうか……。

ずっと片想いしていた相手にここまで女として見てもらえていないの、織くんにも知られちゃうなんて……。

哀れだよね、あはは。

恥ずかしい。

「ごめん広夢、私たち急いでいるから。さっさとコート取って帰――」

今すぐこの場から消えたくなって、家のドアに手をかけ

た瞬間。

　いきなり肩を引き寄せられた。

　え──。

　織くんの匂いに全身が包まれる。

「っ!?　ちょ、織くん!?」

　広夢の前で!!　なにを!!　しているの!!

　織くんの腕の中に収まった私を見て、広夢も固まっている。

「すっごくかわいいよ、白井さんは」

　織くんのそのセリフに、顔中が熱くなる。

　寒さなんて感じられないぐらい体が火照って。

「……っ」

「白井さんがすごく美味しそうにご飯食べるところ見るとこっちまで幸せな気持ちになるし、とっても思いやりのある子で人の痛みに寄り添える子だし。……ガサツなんて思ったこと1回もない」

「織くん……」

　彼の優しくも芯のある声に泣きそうになる。

「こんな近くで何年も白井さんの幼なじみしてたはずなのに、何にも知らないんだね」

「なっ、なに。もしかしてあんた、初花のこと──」

「うん。好きだよ」

　あんまり爽やかに言うんだもん。

　どこまでドキドキさせたら気が済むんですか!!

「だから、彼女といて楽だと思ったこともない。俺は、白

井さんといるとずっと心臓忙しい」

「……っ」

　広夢がなぜか悔しそうに顔を歪めて、織くんは続けた。

「幼なじみだからなに？　白井さんのこと、気安く扱わないでくれるかな」

　吉村さんに壁ドンしながら怒ったときの倍はある鋭い声で織くんがそう言って。

　広夢だけじゃなく、私までびっくりしてしまった。

「……ごめん白井さん。寒いよね。中入ろうか」

「あっ、う、うんっ」

　織くんが私にフワッと笑いかけて。

　私は呆気にとられている広夢に「じゃあね」とだけ言って、部屋の中に入った。

　バタンとドアが閉まってすぐ。

　体がふたたび織くんに包まれた。

「……ごめんね、勝手なことして。白井さんの大事な幼なじみなのに」

　柔らかい声が鼓膜に届いて首を横に振る。

「織くんが謝ることなんてなにもないよ。逆にあんな恥ずかしいこと聞かせちゃって……織くんに幻滅されたんじゃないかと心配で……」

　織くんの胸に顔を埋めながら呟けば、抱きしめる力がさらに強くなった。

「幻滅って、するわけないじゃん。……それに、心配はこっちのセリフ」

「へっ……」

　織くんがなにを心配する必要があるんだと顔を上げる
と、整ったフェイスラインがすぐそこにあって、心臓の音
がたちまち速くなる。

「ふたりが再会しただけでも焦るのに。広夢くん、あんな
こと言うから……。やっぱり、まだ好き？　彼のこと」

「まさかっ！」

　織くんからそんなことを聞かれるとは思っていなかった
けど、いちばん驚いたのは、自分自身のセリフ。

　まさかって……。

　もしかして、私もう、ちゃんと広夢のこと……。

　自分の気持ちが、今やっと、明確にわかった。

「それって……」

「うん。自分でも正直びっくりしてる。広夢と再会したこ
とよりも、織くんに、広夢といるところを見られたくないっ
て思ったの」

「……え？」

「ずっと、広夢のこと引きずっていて、そんな中途半端な
気持ちで織くんの気持ちに答えるのは違う気がして。でも、
今広夢に会って、自分の気持ちが変わっていることちゃん
と確信した。織くんに……私がまだ広夢を好きだって思わ
れたくないっ」

　そう言うと、織くんの目が見開いて。

　私の口は止まらない。

「ずっと、認めるのが怖かった。広夢とのことがあったから。

私は、好きになったらきっとわがままになっちゃうから。
織くんと今まで以上の関係になってしまったら、私、どん
どん欲張りに──っ」

　その瞬間、視界が目を瞑った織くんの整った顔でいっぱ
いになって。

　唇に柔らかいものが触れた。

　へ。

　こ、これっ……って。

「……なればいいよ」

　顔をわずかに離した織くんが、鼻先が触れそうな近さの
まま言う。

「なっ……」

「俺にはいっぱい欲張りになってよ。でもきっと、俺の方
がずっと欲張りだから」

　織くんの手のひらが私の頬を包み込んで指先が優しく撫
でる。

「織くん……織くんは、なんでそんなに私のこと……」

　こんな平凡な、何もない私のことをどうしてここまで好
いてくれるんだろうか。

「……俺ね、高校に入学する前から、白井さんのこと好き
なんだよ」

「えっ!?」

「白井さんが俺の存在を知ってくれるずっと前から」

　え。

　そんなこと……。

「その話、聞いてくれる？」

「も、もちろんだよ！」

　私はそう返事をしてから、まずは織くんをうちにあげて。

　ダイニングテーブルに織くんを案内して、温かいお茶を入れてから、彼の話に耳を傾けた。

　織くんが、私を初めて見かけた日の話——。

　あの日、隣の席にいたのが織くんだったなんて。

　ぜんっぜん知らなかった。

　広夢のことしか頭になかったもので……。

「その時期の俺、友達にああいうことされてたのもあって、すごくひねくれてたんだよね。世の中の全てに不満だらけだったっていうか。なんで俺だけこんな目に遭わなきゃいけないんだって」

　織くん……。

　そうだよね。

　小さい頃に突然お父さんが亡くなったり、好きだった友達から嫌がらせされたり。

　辛い経験を何度もしてきたからこそ、私みたいな人間にも、寄り添ってくれる優しい人なんだって感じる。

「でも、白井さんたちの話を聞いて、環境が変わらなくても自分の考え方を変えるだけで、見える景色が変わることってあるのかもしれないって思えたんだ。あの時の白井さん、失恋してるのにキラキラ輝いてて。素敵だって思った」

　そう言って織くんがあんまり優しく微笑むから、照れて

しまう。

「……それに、あの日、フィッシュバーガー食べてたんだ。俺」

「えっ!? そ、そうなの!?」

　当時同じクラスで友達だった輝ちゃんとの会話を思い出す。

『運命のフィッシュバーガー王子との出会いのために！頑張ろう！　初花！』

　わぁ……冗談で笑っていたそれが本当になるなんて。

　というか、織くんと同じものを食べていたなんて。

　それだけでニヤけそうになるぐらい嬉しくて。

　今は同じ屋根の下で、愛菜さんの美味しいご飯を一緒に食べているんだから。

「あの日からずっと、白井さんのこと好きなんだよ。俺」

　あらためて、二度目の告白をしてもらって。

　一度目とはまた違って、織くんの真剣な気持ちが届いて泣きそう。

「ほ、本当に私でいいの？」

「白井さんがいいんだよ」

　マグカップに添えていた私の手に織くんの大きな手が重なる。

「っ、そ、その、キ、キスとかその先のこととかはまだ未知の領域すぎて全然考えられないんだけど」

「うん。でもさっきしたよ」

「あ、あれはっ、そのっ……」

『キス』

　その単語だけで、顔から火が出そう。

　さっきは、織くんに気持ちを伝えなきゃと思って必死だったから。

　今思い出してじわじわと恥ずかしくなっている。

　いや、恥ずかしいというレベルの問題じゃない。

　あの柳瀬織とキスをしてしまったんだ。

　思い出しただけでクラクラして気絶してしまいそう。

「ううん。ごめん。この間は、少しでも男として意識して欲しくてわざとああいう言い方しちゃっただけで。大丈夫。白井さんのペースでいいよ。ただ、これから白井さんとずっと一緒にいたい。できれば、恋人として」

「っ……」

　織くんの真剣な瞳が私を捉えて離さない。

　私だって、織くんを失いたくない。

　ずっと一緒にいたい。

　織くんの話を聞いてもっとそう強く感じた。

　あんなに前に私を見つけてくれたことももものすごく嬉しくて。

　推しじゃなくて、それ以上の関係に。

　なれるのなら。

「白井さん、告白の返事、聞かせてくれる？」

「……っはい、よ、よろしくお願いします！」

　気付けば視界が涙で滲むなか、しっかりそう返事をすると、織くんがホッとしたように笑って。

　初めて学校で織くんを見た時は、あまり笑わないミステリアスな人だって思っていたのに。

　今ではこんなに笑ってくれる人だって知れて。

　その笑顔が大好きで。

「……織くん、こんな私のこと好きになってくれてありがとう。……だ、大好きっ!!」

　溢れる気持ちを伝えたら、織くんがちょっと驚いた顔をして。

　頭をかかえて口を開いた。

「……白井さんのペースでいいって言ったの、やっぱり取り消しになるかも」

「お、織くんっ!?　あの、ちょ、ちょっと待って」

「待たない」

「いや、その、私にはこういうのまだ早いというか似合わないというか！」

　なぜか私は今、自分の部屋のベッドで織くんに押し倒されている。

　まさか、実家のベッドで推しに押し倒される世界線があるなんて、誰が思うであろうか。

　ただいま頭は大混乱。

　自分の部屋にコートや手袋を取りに織くんと入って。

　久しぶりの自分のベッドにちょっと座ってみたら、やっぱり自分の部屋は落ち着くなぁなんて思って。

　ついつい横になってしまったのがいけなかった。

「彼氏の前で、こんな無防備（むぼうび）なことするのほんとどうかと思う」

「うっ……」

　かかか、か、彼氏って……。

　織くんが彼氏って!!

　言葉にして直接言われると、あらためて圧倒的。

　冷静に考えなくてもやばすぎるって……。

「こっちは散々我慢してたのに。煽（あお）った白井さんが悪いからね？」

「そ、そんな……」

　織くんとあんなことやこんなことをするなんてやっぱりどうしても考えられないよ。

　完全にキャパオーバーだ。

「……それに、似合わないってなに」

「いや、その、こういう甘い雰囲気？みたいなのは、かわいい女の子にしか……」

「かわいいじゃん、白井さん」

　織くんの目がどうなっているのかわからないけど、織くんにかわいいって言われるのは正直嬉しくて。

　口元が緩みそうになる。

「いいよ、白井さんがどう思っていようが、そんなこと考えられる余裕なくなるぐらいかわいがるから」

「ひっ！」

「ね？」

　とわざとらしく吐息混じりに耳元で囁かれて、体がビク

つく。

　織くんのちょっといじわるな声色。

　近い。近すぎる。

　顔も体も声も。

「ねぇ、白井さん。『織』って呼んで」

「えっ……お、織、くん？」

「そーじゃなくて」

　へっ!?

　もしかして、呼び捨てにしろと!?

「む、むむむ無理だよ!!」

「……」

　全力で断ったら目を背けてあからさまにしゅんとした顔を見せた織くん。

　ず、ずる〜い!!　なにその顔!!

　私がすごくイジワルしてるみたいじゃん!!

　めちゃくちゃかわいいけど!!

　織くんの方がイジワルなのに。

　織くんにこんな顔をさせるなんて許せない!!

　その張本人が私なんだけど!!

　もう!!　しょーがないなー!!

「……お、織？」

　あまりの恥ずかしさに目を逸らして呼べば、ギュッと抱きしめられた。

「……っ、……マジか、思ってた5000倍ヤバいね、これ」

　5000倍って……オタクモードのときの私みたいになっ

てるよ、織くん。

　それがおかしくて、織くんの体温が温かくて。

　幸せだと心の底から実感する。

「こういう時だけでいいから、そう呼んでくれると嬉しい」

「こ、こういう時って……」

「ん？」

　と首を傾げた織くんの綺麗な顔がどんどんとこちらに
迫ってきて。

「ちょっ──んっ」

　あっという間に唇を奪われた。

「こういうことするとき、かな？」

　すぐに離した織くんがニッと笑って言うから。

　もう心臓が何個あっても足りない。

「……もう！　織くんっ！」

「フハッ、白井さん顔真っ赤」

「お、織くんのせいだよっ！」

　今すぐ布団を頭までかぶって隠れたい。

　けど、織くんだって……耳真っ赤だよ。

　そんなところを見て、本当に愛されているんだって実感
できちゃうから。

　好きがどんどん溢れてしまう。

「もっかい、してもいい？」

　おやつを欲しがる子犬みたいな、うるうるな瞳で聞いて
くるんだもん。

　はい、以外の選択肢なんて今の私にはないから。

　小さくコクンと頷けば、フワッと嬉しそうに笑ってまた
キスを落とされる。

　すぐに離れたさっきのキスとは違って、何度も角度を変
えて重ねられて。

　その甘さに、全身が溶けてしまいそうななか、ようやく
離れたかと思えば、

「……大好きだよ、初花」

　そんな風に不意打ちで名前を呼ぶから。

　意識が飛んじゃいそうで。

　そんなずるくて愛おしい推しとの甘い時間は、まだ始
まったばかり。

END.

あとがき

このたびは『ひとつ屋根の下、憧れモテ王子は甘い愛を制御できない。』を手に取ってくださり本当にありがとうございます！

今回のお話は、今まで書いてきたお話の中でも一番と言っていいほど、ラブコメ要素が強く、好き勝手書きすぎたお話だったので、文庫化のお話をいただいた時は本当に驚きましたし、すごく嬉しかったです。

今の若い世代のほとんどには推しという存在がいて、初花のように、推しのおかげで毎日を乗り越えられるという方は多いんじゃないでしょうか。私もそのひとりで、毎日何かしらのオタクをしております！

だからこそ、推しともし付き合えたら、なんて妄想は一度はしてしまいますし、その分、推し活と恋愛の違いについて良く考えるので、この作品は、そんなところから生まれたお話になります。

正解なんてないのですが、初花の気持ちに共感してくれる方が少しでもいらっしゃったらこの作品を書くことが出来て本当に良かったと思えます。

私自身、個人的につらい時期に推しができて、つらい環境自体はすぐに変わりませんでしたが、悩む時間よりも推

しを愛でる時間が増えると、自分の考え方が少しずつ変わっていって精神的にすごく楽になりました。

　時には、初花のようにネガティブなことを意識的に考えないようにすることは、自分の心の負担を軽くするために必要なことかなと思います。そのために、みんなが自分の癒しの時間を大事にしていけたらなあと。もちろん、ちゃんと向き合わないといけない問題というのもあるのですが！

　あえて考えない、ポジティブな "フリ" も時には大切かもしれません。いつかその "フリ" が本物になるかもしれないから。

　時間が経って振り返った時、辛かった経験は無駄でなかったと思える日が来ることを願って。この作品が少しでも、そんな人たちの応援になれば嬉しいです。

　ここまで読んでくださった方、いつも私の作品を読んで温かい言葉をくれる読者のみなさま、この本の出版に携わってくださった方々、素敵で優しいみなさまに囲まれながらこうして好きなことを続けていけている雨乃は本当に幸せ者です！　いつも感謝の気持ちでいっぱいです。本当にありがとうございます。

　実力はまだまだですが、これからも作品を通してこの感謝を伝えていけるように頑張りますので、よろしくお願いします！　たくさんの愛を込めて。

2022年11月25日　雨乃めこ

作・雨乃めこ（あまの　めこ）

沖縄県出身。休みの日は常に、YouTube、アニメ、ゲームとともに自宅警備中。ご飯と音楽と制服が好き。美男美女も大好き。好きなことが多すぎて体が足りないのが悩み。座右の銘は『すべての推しは己の心の安定』。『無気力王子とじれ甘同居。』で書籍化デビュー。現在はケータイ小説サイト「野いちご」にて執筆活動を続けている。

絵・杏乃（あんの）

2月5日生まれの水瓶座AB型。好きなものは柴犬・テトリス・水族館。既刊に『イケメン貧乏神と同居はじめました！』①〜②（フラワーコミックス）がある。2015年ごろからwebや雑誌中心に、漫画家兼イラストレーターとして活動中。

ファンレターのあて先

〒104-0031

東京都中央区京橋1-3-1

八重洲口大栄ビル7F

スターツ出版（株）書籍編集部 気付

雨乃めこ 先生

この物語はフィクションです。
実在の人物、団体等とは一切関係がありません。

KEITAI
SHOUSETSU
BUNKO
野いちご SINCE 2009

ひとつ屋根の下、憧れモテ王子は
甘い愛を制御できない。
2022年11月25日　初版第1刷発行

著　者　雨乃めこ
　　　　© Meco Amano 2022

発行人　菊地修一

デザイン　カバー　尾関莉子（ナルティス）
　　　　　フォーマット　黒門ビリー＆フラミンゴスタジオ

ＤＴＰ　久保田祐子

編　集　林朝子　本間理央

発行所　スターツ出版株式会社
　　　　〒104-0031　東京都中央区京橋1-3-1　八重洲口大栄ビル7F
　　　　出版マーケティンググループ　TEL03-6202-0386
　　　　（ご注文等に関するお問い合わせ）
　　　　https://starts-pub.jp/

印刷所　共同印刷株式会社
Printed in Japan

乱丁・落丁などの不良品はお取替えいたします。上記出版マーケティンググループまで
お問い合わせください。
本書を無断で複写することは、著作権法により禁じられています。
定価はカバーに記載されています。

ISBN　978-4-8137-1352-4　C0193

読むたび何度でも恋をする…全力恋宣言！
毎月25日はケータイ小説文庫の日♥

心に沁みるピュアラブやキラキラの青春小説、
「野いちご」ならではの胸キュン小説など、注目作が続々登場！

ケータイ小説文庫　2022年11月発売

『拾った総長様がなんか溺愛してくる (泣)』ふわ屋。・著

両親の死後、人と深く関わることを避けてきた紫苑は、ある日、傷だらけのイケメン・獅貴と出会い、彼の手当をすることに。その後、紫苑は入学した高校で獅貴と再会し、彼が暴走族の総長だと知る。入学初日から激甘の獅貴に、徐々に心を開いていく紫苑。ところが2人には危険が迫っていて…。

ISBN978-4-8137-1353-1
定価：682円（本体620円＋税10%）

ピンクレーベル

『ひとつ屋根の下、憧れモテ王子は甘い愛を制御できない。』雨乃めこ・著

高2の初花は、あるきっかけから恋に臆病になってしまった女の子。学校一の超絶イケメンモテ男子の織くんを"推し"として眺めながら、慎ましやかに暮らしていた。しかし母親の海外出張を機に、同い年の男子高校生のいる家にお世話になることに。しかもその男の子は、なんとあの織くんで…？

ISBN978-4-8137-1352-4
定価：671円（本体610円＋税10%）

ピンクレーベル

『あの日交わした永遠の誓い』小粋・著

体が弱い中2の花乃は、転校先で人気のクラスメイト・響のおかげで、楽しい日々を送っていた。やがて、ふたりは両想いに。ところが、命の期限が迫っていた花乃は響に別れを告げる。それでも一途に彼女を想い続ける響が、数年後に知った真実とは…。単行本で人気の作品がブルーレーベルに登場！

ISBN978-4-8137-1354-8
定価：671円（本体610円＋税10%）

ブルーレーベル

読むたび何度でも恋をする…全力恋宣言！
毎月25日はケータイ小説文庫の日♥

心に沁みるピュアラブやキラキラの青春小説、
「野いちご」ならではの胸キュン小説など、注目作が続々登場！

ケータイ小説文庫　2022年12月発売

『総長さまの溺愛には注意です!!（仮）』鈴乃ほるん・著

NOW PRINTING

高2の愛華は男子が苦手で読書をこよなく愛する女の子。ある日愛華の通う学校に、茶髪＆ピアスでいかにも不良なイケメン転校生・太陽がやってきた。自分には関わりのない人だと思っていたのに、初日から愛華にだけ微笑みかけてくる太陽。しかも太陽はどうやら、全国No.1暴走族の総長らしく…？

ISBN978-4-8137-1368-5
予価：660円（本体600円＋税10%）

ピンクレーベル

『無自覚な誘惑。（仮）』＊あいら＊・著

NOW PRINTING

圧倒的な美貌をもつ高1の静香が一途に想い続けているのは、1つ年下でサッカー部のエース、モテ男の悠。ある日、サッカー部の臨時マネージャーになった静香は、思いがけず悠と大接近!!　優しい先輩も現れて三角関係に…!?　クール硬派年下男子とセクシー純粋先輩の恋の行方に胸キュン♡

ISBN978-4-8137-1369-2
予価：660円（本体600円＋税10%）

ピンクレーベル

書店店頭にご希望の本がない場合は、
書店にてご注文いただけます。

新人作家もぞくぞくデビュー!

野いちご作家
大募集!!
コンテスト開催中!

小説を書くのはもちろん無料!!
スマホがあればだれでも作家になれちゃう♡

短編コンテスト

野いちご大賞

青春小説大賞などなど

第7回野いちご大賞、ただいま開催中!
くわしくはこちらから チェック!